いつまで私を気弱な『子豚令嬢』だと思っているんですか？
～前世を思い出したので、私を虐めた家族を捨てて公爵様と幸せになります～

登場人物紹介
ウォルフ
メイナード公爵家の当主。
東の帝国からの侵略から
国を守っている。
数々の武勲と冷たい美貌から
恐れられている。
ティナ
クローズ伯爵家の次女。
「子豚令嬢」と呼ばれ、
家族にうとまれてきた。
最強の女騎士と謳われた
前世の記憶を持つ。

ミランダ
マクファーレン公爵家の令嬢で
デールの婚約者。
ティナとは親しいが、ある事情から
チェルシーのことを嫌っている。
デール
ユーグリア王国の第二王子。
頭脳明晰で、
国のために研究や事業で
成果を挙げ続けている。
ロイド
ユーグリア王国の王太子。
心優しい人物で、
チェルシーとは学生時代
からの仲。
チェルシー
クローズ伯爵家長女で、
ティナの姉。
王太子妃になるために
手段を選ばない。

第一章

「あははっ！　ティナお姉さまは本当にのろまなのね！　ちゃんと避けないと大怪我《おおけが》するわよ？」

「……っ」

人の来ない倉庫の裏に甲高い声が響く。その声に、私――伯爵令嬢のティナ・クローズは恐怖で喉を引きつらせた。

精一杯縮こまって身を守る私の横を、【石弾《ストーンショット》】の魔術で生みだされた石つぶてがかすめていく。

「ティナお姉さま、そんなに丸まったらますます豚みたいだわ！　あはははははっ！」

馬鹿にするような笑い声を上げているのは、十歳になる妹のプラム。

薄桃色の髪と大きな瞳が特徴的な可愛らしい少女だ。

けれど性格は凶悪で、いつも私のことを『豚みたい』とか、『魔術が使えない落ちこぼれ』と蔑んでくる。

「や、やめて……」

「なんでわたしがティナお姉さまの言うことを聞かなきゃいけないの？　嫌なら魔術で防げばいい

じゃない」

「……」

「まあ、それができるならだけど！　魔術の使えない『子豚令嬢』――それがティナお姉さまだものね！　お父さまもお母さまもチェルシーお姉さまも言ってるわ！『ティナはうちの面汚しだ』って！」

石つぶてをもてあそぶプラムがおそろしく、私は口を噤《つぐ》んでしまう。

それに、プラムの言葉は事実だった。

私は貴族の家に生まれながら、魔術の才能がまったくない。

そのせいで家でも貴族学院でもいじめられた。人と会うのが怖くなり、引きこもっているうちに不摂生がたたってぶくぶくと太ってしまった。

最終的についたあだ名は『子豚令嬢』。

もう十六歳になるのに縁談の一つもなく、行き遅れの不良債権として家族からも疎まれている。

こうして妹のプラムに魔術の的代わりにされるのも、もはや日常茶飯事だった。

「ほら、ぶうぶう鳴いてみてよ！　魔術が使えないなら芸くらいできないと！」

「で、でも……」

「やだって言ったらお仕置きするわよ？」

誇示するようにプラムが【石弾《ストーンショット》】を構えた。

プラムは私より六つも年下だけど、強い魔力を持っている。

あれが当たったらどんなに痛いか、私は身をもって知っている。

「……ぶ、ぶう、ぶう」

「あはははっ！　本当にやった！　あははははははっ！」

私が豚の鳴きまねをすると、プラムは屋敷中に響くほどの大笑いをした。

こんな惨めな思いをしても、もう涙も出ない。とっくに慣れきってしまっているから。

これが私、ティナ・クローズの日常なのだ。


「あっ……⁉」

いつものように倉庫の裏に連れこまれ、プラムにいじめられていたときのことだ。

彼女の放った石の弾丸が私の額に直撃した。その瞬間、私の頭を大量の情報が満たす。

それは前世の記憶だ。

私は痛む頭を押さえながらゆっくりと立ち上がる。

（……思いだした。私は気弱な伯爵令嬢などではない）

姿勢を正してまっすぐ立つ。いつものように背中を丸めるのではなく、胸を張って堂々と。

「――プラム」

「な、なによ」

びくりと肩を跳ねさせるプラムに、私はあくまで冷静に言う。

「謝罪しなさい。人に魔術を向けるなと最初に教わったはずですよ」

「わたしに謝れっていうの!? ティナお姉さまなんかに！」

「悪いことをしたら謝るのは、人として当然のことです」

「……ッ、ティナお姉さまのくせに偉そうなのよ！　【石弾《ストーンショット》】！」

プラムは逆上して大量の石の弾丸を放ってきた。

私はそれを見切ってすべてかわし、走りだす。

プラムとの距離を一瞬で詰めた私は、その無防備な首に手を水平に添えた。

ピンと伸ばした私の手は、プラムにはほとんど刃のように感じられることだろう。

「な、なあっ……！」

普段と明らかに違う私の動きに、プラムは動くこともできないようだった。

「二度と魔術で他者を攻撃しないと誓いなさい。嫌と言うなら――姉としてあなたを躾《しつ》ける必要がありますね」

「………も、もう、しません」

「よろしい。よく言えましたね」

謝罪を聞き、私が首筋から手をどけてやると、

「うわぁあああん！　お父さま、お母さま、チェルシーお姉さまぁ！　ティナお姉さまにいじめられたぁあああああ！」

プラムは大泣きしながら屋敷に向かって走り去っていった。

「……あんな子供に私は今までいいようにされていたのですか」

いろいろと複雑ではあるけれど、今はそれより脳内を整理するほうが重要だ。

私はその場で目をつぶり、脳内になだれこんだ記憶を反芻《はんすう》する。

……けれどやっぱり、間違いない。

「竜に襲われて死んだとき、すべて終わったと思っていましたが……私は騎士としての人生になにか未練でもあったのでしょうか」

私は苦笑しながら呟いた。


シルディア・ガードナー。それが私の前世の名前だ。

王国唯一の女騎士であり、おそれ多くも精鋭である『精霊騎士団《せいれいきしだん》』の長を任されていた。

そんな私はいろいろあって国を守って死亡し、今はティナ・クローズとして生まれ変わった——ということらしい。

(……ティナとしての記憶もありますし、完全に人格を乗っ取ったというわけでもないようですね)

それにしても、前世の記憶がよみがえる、なんてことが本当にあるとは。

謎の感慨に包まれていると、私は不意によろめいた。

「……っ、そういえば頭を怪我《けが》していたんでした」

私が前世の記憶を取り戻したのは、プラムの魔術で頭を打たれたからだ。

今も額からは血が流れている。

早めに処置したほうがいいだろう。

「サラに頼めば、包帯くらいは出してもらえるでしょうか……」

私はティナの記憶を頼りに、敷地の中を移動するのだった。


食堂の掃除をしていたメイドのサラに声をかけると、流血した私を見て急いで救急箱を持ってきてくれた。

私を椅子に座らせると、彼女はてきぱきと処置を始める。

「仕事を中断させてごめんなさい、サラ」

「そ、そんなことは気にしないでください！　それよりお顔の怪我《けが》なんて一大事に、声をかけていただけないほうが困ります！」

「そう言ってくれると助かります」

ガーゼで止血しながら慌てるサラに、私は笑みを返す。

そんな私にサラは戸惑いの表情を浮かべる。

「その、お嬢様。いつもと話し方が違うような……？　それに、雰囲気もなんだか……」

ああ、そうだ。

ティナは仮にも伯爵令嬢。平民のメイドであるサラに敬語で接するのは、お互いにとっていいことじゃない。ええと、ティナは普段どんな口調でサラに接していたっけ。

「あー……気にしないで、サラ。ちょっと頭がすっきりしているだけだから」

「頭がすっきりって、血が出てますよ!?」

「それがよかったのよ」

「え、ええ……？」

私がうんうん頷くと、サラは治療の手を止めてぽかんと口を開けた。

彼女――サラ・エイベルは、ふわふわの茶髪が特徴的なメイドだ。年は十四。屋敷の中で唯一と言っていい私《ティナ》の味方である。

この屋敷の人間は家族はもちろん、使用人に至るまでほぼ全員が私のことを見下している。そのため以前の私は部屋の掃除や食事の用意といったことすら自分でやっていたのだけれど、あるときからサラは私の身の回りの世話を買って出てくれたのだ。おまけに父に直談判したうえで、私の侍女のようなことまで担ってくれている。

サラが私の味方をしてくれることには理由がある。

サラは新人だった頃、プラムが楽しみにしていたおやつの焼き菓子を、まとめてひっくり返して駄目にしてしまったことがある。

当然プラムは激怒し、サラの解雇を父に進言しようとした。

それを私は「自分が食べた」と言い張って庇《かば》ったのである。

それによってプラムの怒りの矛先は私に向き、サラはおとがめなしで済んだ。

（……プラムにいじめられるのは慣れっこでしたし、人助けになるならいいかと思ったんですよね）

そんなことがあってから、サラは私に懐いてくれるようになったのだった。

「はい、終わりましたよ」

「ええ。ありがとう、サラ」

「……えへへぇ」

私が頭を撫でると、サラは嬉しそうに頬を緩めた。

……とても可愛い。

プラムの代わりに私の妹になってくれないでしょうか。

「お嬢様、その傷はまたプラム様に……？」

頭を撫でられたまま、サラが心配そうに聞いてくる。

「そうね。でも、もう大丈夫よ。ちゃんと注意しておいたから」

「へ？　ティナ様が、プラム様に、注意……？」

「ええ」

信じられないというように、サラが目を見開く。

それも仕方ない。今まで私は、プラムにどんなにいじめられても反論一つできなかったのだから。

けれど前世の記憶が戻った以上、そんなのはもう過去のことだ。

これからはあのいじめっ子の妹のことも、きちんと注意していく所存である。

――と。


ぐうううう、と私のお腹から情けない音が鳴った。


「お嬢様、お腹が減ったんですか……？」

「…………そうみたいね」

時間帯はまだ夕方前。

こんな時間に空腹になるなんて、この体の燃費は一体どうなっているのか。

「な、なにか食べられるものを持ってきますね！」

「……ええ、お願い。なんだか急に力が入らなくなってきて……」

私が頼むとサラはすぐに厨房に向かっていった。

元気だ。まるで子犬のようである。

数分後、お菓子の入ったカゴを抱えて戻ってくる。

「持ってきました！」

「ありがとう、サラ」

「あ、でもその前に手だけ清めてくださいね。綺麗なお水も持ってきましたので」

「わかったわ」

用意がいいサラに感謝しながら、水を張った浅い金属製の器に手を伸ばす。

そして私は気付いてしまった。

水面に映る自分の姿に。

『子豚令嬢』とあだ名される、私の今の容姿に。

（これが……これが、私……？）

「あの、お嬢様……？　どうかなさいましたか？」

サラの心配そうな声にも反応できず、私は食い入るように水面の自分を凝視する。

顔の輪郭は丸く、顎のラインは見事にたるんでいる。目は贅肉に押しつぶされて細くなっている。

くすんだ焦げ茶色の髪のせいもあるだろうけれど、心なしか顔色も悪く、いかにも不健康そうだ。

「……た、耐えられません！　なんというだらしない顔なのですか私は！　どれだけ自分を甘やかせばこんな外見になるというのですか!?」

「わあああ落ち着いて！　落ち着いてくださいお嬢様！」

わかってはいたけれど、改めて見るとショックがひどい。

私の前世は騎士だ。

それも王国最強とまで謳《うた》われた誇り高き女騎士。

その称号に恥じないよう、かつての私は毎日鍛錬を欠かさなかった。体も引き締まり、余分な肉などまったくついていなかった。

それが騎士として当然のことだと思っていたのだ。

その私が、こんな情けない体型をさらしているだなんて……ッ！

「……サラ。悪いけれど焼き菓子はキャンセルするわ」

「えっ？」

「私は……痩《や》せるわ。絶対に引き締まった体を取り戻すの……！」

困惑するサラをよそに、私は覚悟を決めて立ち上がった。

まずはこのたるみきった体型を改善させる。

すべてはそれからです！


この肥満体型を解消するには、生半可な運動や食事制限ではとても足りない。

となると選択肢は一つ。

山籠もりだ。

「この近くに誰でも入れる山があったはずですね」

ティナの記憶によれば、この屋敷があるのはユーグリア王国王都の貴族街。

ユーグリア王国といえば、前世で暮らしていた国と同じ名前だ。

同じ国に転生したのは、果たして偶然なのか運命なのか……いや、それは今はどうでもいい。

この王都のそばにはデイン山という山があるのだ。

王都が近いので整備はされているけど、それでもたまに魔物が出るらしい。

その山でしばらく過ごすのだ。

一人で行くので多少の危険はあるけれど……まあ、なまった体を叩き直すには丁度いいだろう。

「倉庫に置いてあった剣を持ってきましたし、あとは火打石と水筒とロープと……」

倉庫やら自室やらを漁って、山籠もりに必要なものを揃えていく。

運動に適した服はほとんど持っていない。唯一使えそうなのは貴族学院の体育着だろうか。授業で乗馬の練習もするため下がズボンになっている。丈夫そうだしこれでいいだろう。

準備を終えたあたりで、バン！　と自室の扉が開いた。

……ノックくらいするのが普通でしょうに。

こんな礼儀知らずな人は、この家には二人しかいない。

「プラム、それにチェルシー姉様まで……一体どうしたのですか？」

部屋の入り口に立っていたのはその両方だった。

桃色の髪の妹、プラムを従えて立っているのは真っ赤な髪の女性。

この家の長女であるチェルシー・クローズだ。

チェルシーはきつい吊り目で私を睨《にら》んでいる。

「どうしたのか、ですって！　聞いたわよ。あんたプラムをいじめたそうじゃない！」

「誤解です。私はプラムの間違いを注意しただけで……」

「豚が口答えするんじゃないわよ！」

「そうよ！　チェルシーお姉さまの言う通りよ！」

「……」

訂正しようとすると即座に怒鳴《どな》られた。

それに乗っかるプラムが微妙に腹立たしい。

どうやらプラムが倉庫裏での一件をチェルシーに報告したらしい。おそらくは私だけが悪者になるよう脚色して。

まともに相手をするのは大変なので、私は再び話の先を促した。

「……それで、チェルシー姉様。用件はなんですか？」

「決まってるじゃない！　あんたを躾《しつ》けるのよ！　落ちこぼれにふさわしい振る舞いを、もう一度叩きこんであげるわ！」

チェルシーはずんずんと私のもとに歩いてくる。

大きな声。威圧的な態度。

今までの私は、このチェルシーがおそろしくてたまらなかった。

けれど今の私は――

「――お断りします。あなたに躾《しつ》けられるほど、悪いおこないをした覚えはありませんので」

「なっ……!?」

いつものように平手打ちしようとしたチェルシーの手を受け止める。

令嬢の細腕なんて、騎士の記憶を取り戻した私には脅威ではない。

むしろどうやったら相手を傷つけずに防御できるか考える必要があるくらいだ。

「は、放しなさいよ！」

「わかりました」

「きゃあっ！」

チェルシーの言う通りにする。

すると、慌てて手を引っこめようとしたチェルシーは、勢い余って後ろに倒れこんだ。

「あ、あんた、こんなことしてどうなるかわかってるんでしょうね⁉」

「さあ？　どうなるのですか？」

尻餅をつき、私を下から睨《にら》みながらチェルシーは喚き続ける。

「お父様に言いつけてやる！　あんたは勘当《かんどう》よ！」

「はあ」

「あたしは本気よ⁉　あたしはロイド王太子殿下とも親しい、この家の宝だもの！　絶対にお父様はあたしの言い分を信じるわ！　それが嫌なら這いつくばって謝罪しなさいよ！」

ヒステリックに叫び続けるチェルシー。

……勘当《かんどう》、と言われても。

正直なところ、この家にはいい思い出がまったくない。

姉のチェルシーや妹のプラムはこんな感じだし、両親は私のことなんてほったらかし。

無力な令嬢だった頃の私ならともかく、今の私なら別に家を追いだされても生きていけるだろう。

自由気ままな旅人になるもよし、前世と同じく騎士を目指すもよし。

「お好きにどうぞ。では、私は行くところがありますのでこれで」

「は？　って、ちょっとあんたそっちは窓――！」

これ以上話していると頭が痛くなりそうだったので、私は荷物を抱えると手近な窓を開けて飛び降りた。

幸いにもここは二階だ。このくらいの高さなら飛び降りても問題ない。私は部屋で固まったままのプラムとチェルシーを放置し、山籠もりのために屋敷を出ていくのだった。


「このあたりでいいでしょうか」

王都を出た私はデイン山へと向かった。

歩き回るうちに小川の流れる場所に辿り着いたので、拠点をそこに決める。

ここで何日過ごすかわからない以上、水場は近いに越したことはない。

痩《や》せるまでは山を下りないつもりだ。絶対に……！

枝を組み合わせて骨組みを作り、その上から葉っぱつきの枝で覆って野宿用のテントを作る。さらにたきぎを集めて火の準備を済ませ、簡易的なろ過装置作りに取りかかる。屋敷から持ちだした水筒に丁寧に洗った小石、砂利、砂、布を詰めてから底に穴を空ければ完成だ。前世では野営なんて日常茶飯事だったので、もはや無意識に準備を進められる。

「次は食料ですね」

小川の下流に向かうと川幅がだんだん広くなっていく。綺麗な水の下には、何匹もの川魚が見えた。私は靴を脱ぎ、下衣の裾をまくって静かに川の中に入る。

思いだされるのは前世の騎士時代の修行。気配を消すのは、剣の軌道を相手に読ませないことにつながる。私は気配を消したまま水の中に向かって手刀を振るう。

「ふっ！」

バシッ！

水面を打つ音とともに川の中にいた魚が岸に打ち上げられる。

同じやり方で十匹ほど確保しておく。雨が降れば川の水は濁《にご》り、魚を獲るのが難しくなる。ここは多めにキープしておくのが正解だ。食べきれないぶんは干物や燻製《くんせい》にしておけばいい。

獲れたのはマスやイワナなど食用向きな魚ばかりだった。なんと山籠もりに適した環境だろうか。

ピチピチと跳ねる魚を抱えて拠点に戻り、持ってきたナイフでそれをさばく。

その後、屋敷から持ちだした塩を振り、大きめの葉でくるんでテントの中へ。

こうして塩漬けにしてから干すなり燻《いぶ》すなりして、保存が利きやすくするのだ。

そんな作業をしながら私はふと思う。

「……自分でやっておいてなんですが、サバイバルをする伯爵令嬢とは奇妙すぎますね」

誰にも見られないような場所でよかった。こんな姿を見られたら『子豚令嬢がついに野生に還った』なんて不名誉な噂が広まってしまうことだろう。

なにはともあれ、これで準備は完了だ。

明日からは本腰を入れて山籠もりダイエットに取り組むとしよう。

「……ん？」

そう考えたとき、ふと私は体に違和感を覚えた。体がなにやら重いような……？

翌日、私はテントの中で悲鳴を上げた。

「い、痛い……！　体が千切れそうです……！」

昨日の違和感は気のせいではなかった。山登りに加えてたきぎ拾いで歩き回り、川で魚を獲ったことで全身が筋肉痛になったのだ。体のどこを動かしても痛い。これではダイエットどころじゃない……っ！

私は痛みに耐えながら思った。……特訓のメニューを一から考え直す必要がありそうだと。


二日目にして出鼻をくじかれつつも、私の山籠もり生活がスタートした。

最初はそもそもまともな運動ができなかったので、軽いジョギングや手頃な岩の段差を上り下りすることから始めた。やりすぎると体を痛めてしまうのであくまで慎重に。それだけでも息が切れるくらいには負荷がかかる。休憩時間にはストレッチをおこないガチガチに固まった体をほぐす。

二日ほどかけてゆっくり体を運動に慣らし、走りこみをメニューに追加する。

同じタイミングで筋力トレーニングもやってみた。……腕立て伏せをやろうとしたら、そもそも姿勢が維持できなかった。仕方ないので膝をついてやってみると、数回で腕が上がらなくなった。

腹筋に至っては、お腹周りの肉が邪魔でろくに体が上がらないのが悲しい。

痩《や》せるためには適切な食事も必要だ。前世で体型に苦心していた同僚いわく、「食事を減らしすぎると筋肉が減って痩《や》せにくい体になるのよ……！」とのこと。魚や鳥、兎などを獲って調理する。幸い山菜や果物も豊富だったので、栄養が偏ることはなかった。

そんな日々を続けること十日。

わずかあるけれど、見た目に変化が出てきた。

「少しだけ首回りがすっきりしてきた……でしょうか？」

小川に映る自分の姿を見て私は呟く。

まだまだ全体的に体のシルエットは丸いままだ。過剰にむっちりとした太ももや二の腕は、相変わらず悲しいほどにぷにぷにしている。けれどその一方で、太く短く見えていた首が、ほんの少しほっそりとしてきている。

きっと運動の習慣をつけたことで、体を支える筋肉が戻ってきたのだ。姿勢がよくなり、猫背や巻き肩が改善されている。

他人から見ればほとんどわからないような違いだろう。けれど確実に前進している。

そしてもう一つ、私の見た目で変わっているところがある。

「髪の色も戻ってきましたか。染め粉で無理やり変えていただけですし、当然ですね」

そう、今まで焦げ茶色だった髪にだんだん赤い髪が交じりだしたのだ。

もともと私の髪色は、姉のチェルシーに負けないほどに鮮やかな赤色だった。しかしチェルシーが、「豚のあんたと同じ色なんて冗談じゃないわ！」と私に髪を染めるよう命令したのである。

そのため仕方なく染め粉で髪色を変えていたのだけれど、無理やり染めているだけなので以前から長持ちはしていなかった。

まして今は日光が当たり放題の山籠もり生活中。染めた色なんて抜けて当たり前だ。

山を下りる頃には、きっと私の髪は染める前の深紅に戻っていることだろう。

「……そろそろ負荷を上げても大丈夫そうですね」

体の各所で変化が起きるのを実感し、私はやる気を新たにした。


「はっ、はっ……！」

短く息を吐きつつ山の中をまっすぐ走る。最初の十日で体を運動に慣らすことができたため、私は徐々に負荷を上げてより過酷な訓練をおこなっていた。

川に沿って山を登り、限界まで進んだら今度は駆け降りる。当然道なんてないので、ときには木々や大岩を足場にすることもある。常に傾斜を移動しているおかげで足腰の負担が平地の走り込みとは比べ物にならない。

もちろん、きつい。けれど楽しい……！　どんどん体が思い通りに動くようになっているのが実感できる。体が軽くなっているのだ。

そんなトレーニングの途中に、私はあるものを見つけた。

「これは……グロリアの花？　こんなところで見つかるなんて」

木々の根本にささやかな花畑を作る白い花々。グロリアの花は空気中の魔力を吸って育つ稀少な植物で、その蜜にはある特別な効果がある。

私はグロリアの花を摘んで拠点に持ち帰り、蜜を取り出して水筒の水と混ぜた。それを飲むと、ほのかな甘い味とともに私の体が淡く輝く。

途端に私の全身を襲っていた疲れがなくなった。

「懐かしい味ですね……」

グロリアの花の蜜は、強力な疲労回復効果があるのだ。前世では過酷な任務中に体力が尽きたときなど、私や私の部下たちはこのグロリアの花の蜜で疲れを取り除いていた。

もっともこれには副作用があって、エネルギーを生み出すために飲んだ人間の脂肪を分解し、痩《や》せさせてしまう。使い過ぎれば体を壊すこともある。けれど、きちんと用量を考えればこれほど減量の助けになるものもない。

グロリアの花の蜜を手に入れた私は再度トレーニングを始めた。

力尽きるまで走り、倒れ込むように（さすがに水浴びは毎日していたけれど）拠点で休む。

そんな日々を過ごすうちに、だんだんと外見の変化が大きくなっていく。

「かなり体型が変わってきましたね」

日課となっている小川に顔を映しての進捗確認をして、私はうんうんと頷いた。まだまだ理想体型とは言えないまでも、『子豚令嬢』から『ややぽっちゃりした令嬢』くらいにはなれていると思う。水面を鏡代わりにしているのでそこまで確かな確認はできないものの、明らかに変わっている。

（この調子なら、あと一息ですね――と）

不意に、ガサガサ、という茂みをかき分ける音が聞こえた。

私は素早く周囲を確認する。

『『『グルルルル……』』』

「魔物……『グレイウルフ』ですか」

現れたのは、灰色の毛並みを持つ狼型の魔物五体。

ただの狼と違い、額に一本の角が生えているのが特徴だ。どうやら、私の食料か私自身を狙ってやってきたらしい。私は屋敷から持ちだした剣を握った。

……今の私に対処できるだろうか？　いや、やるしかない。

『グルアアアアアッ！』

一斉に飛びかかってきたグレイウルフに対して、私はまず位置取りを調整した。

一対多の戦いでは、敵の一人を盾にするのが定石《じょうせき》だ。案の定グレイウルフたちは、仲間の陰に隠れる私を攻めあぐねている。

「剣を屋敷から持ちだしておいて正解でしたね」

剣を振るい、グレイウルフたちを次々と倒していく。

「最後です！」

『ギャンッ！』

最後のグレイウルフを倒し、戦闘が終わる。

グレイウルフのような魔物は、普通の動物と違って死体が残らない。彼らの体は魔力でできているからだ。唯一残るのは、心臓部である『魔石』のみ。これは魔道具という、特別な効果を持つ道具を作る材料になる。そんな魔石を拾い上げて呟く。

「予想以上の成果です。ここまで動けるようになっているとは……！」

魔物退治ができたのはこれまでのトレーニングのおかげだ。だんだん感覚が前世のものに近付いている気がする。

基礎体力も十分ついてきたことだし、ここからは剣の特訓も取り入れよう。

▼

華やかな紅茶の香り。座り心地のいい白い椅子。

可愛らしい小鳥のさえずりは、まるでフルートの音色のように心を安らがせる。

そんな王城の中庭で、二人の男女がティータイムを楽しんでいた。

女性の名前はチェルシー・クローズ伯爵令嬢。

対する男性の名前は――ロイド・ユーグリア王太子。

つまり、彼はこのユーグリア王国における次期国王の第一候補である。

ロイドはチェルシーを慰《なぐさ》めるように言った。

「……そうか。それは大変だったね、チェルシー。妹君がそんなことに……」

「申し訳ありません、ロイド様。こんなつまらない話をしてしまって」

「ああ、そんなことを言わないでくれチェルシー！　僕はきみの話ならどんなことだって聞きたいんだよ」

「ロイド様……！」

ロイドの優しい言葉に、チェルシーは傷ついた心を隠すような健気《けなげ》な表情を貼り付ける。

……その裏で、チェルシーは内心ニヤニヤ笑っていた。

（――やっぱりこの男はチョロいわ！　あたしの言葉ならなんでも信じるんだから！）

「チェルシー、どうかしたのかい？」

「いえ、なんでもありませんわ」

すまし顔で言ってのけるチェルシー。

貴族学院時代から、チェルシーは同学年だったロイドに『アプローチ』をし続けてきた。

もちろん、ロイドと結婚して王太子妃になるためだ。

第一王子であるロイドには当然のように将来を誓い合った婚約者がいたが、そんなものチェルシーにとってはどうでもいいことだった。チェルシーはロイドの婚約者にいじめられているとあの手この手で悪評を流した。もちろん最初は信じられなかったが、ときには自分の顔を傷つけてまで被害者のふりを続けたことで周囲を味方につけられた。学院での生活に公務と多忙なロイドは婚約者と接する時間が減っており、つけいる隙はいくらでもあったのが追い風だった。いつしかロイドの婚約者は心を病み、学院どころか貴族社会から姿を消し、彼の隣はチェルシーのものとなった。

当時チェルシーには他の婚約者がいたが、父にロイドとの関係がうまくいきそうだと話すと、あっさり婚約を破棄させてくれた。相手は優秀な青年だったが、実家がクローズ家に借りを作っていたため——もともとそれを理由に理不尽な条件つきで婚約していた——逆らうこともできなかったようだ。

陰謀の甲斐あって、チェルシーは卒業後もたびたび王城に招かれ、こうしてロイドと中庭でお茶をする関係を続けている。

（未来の国母はこのあたし。ロイド様は正直まっったく好みじゃないけど……ま、贅沢三昧《ぜいたくざんまい》な生活ができるならそれも我慢ね。適当に騎士でも掴まえてつまみ食いすればいいし！）

「チェルシー、なにを楽しそうにしているんだい？」

「いえいえ、なんでもありませんわロイド様」

「そうか。それならいいんだ」

ロイドが知ったら卒倒するような考えを抱きながら、それを大嘘でごまかせる面の皮の厚さ。

残念ながら、クローズ伯爵家の長女は稀《まれ》に見る性悪女なのだった。

「しかし妹君のことは気になるね。大人しい性格だったのに、急にチェルシーやもう一人の妹君を怒鳴《どな》りつけるだなんて」

ロイドは腕組みをして呟く。

二人の話題は先日のティナについてだった。

「しかもただ怒鳴《どな》るだけではありません。お父様の剣まで持ちだしてきたのです」

「剣！　それはただごとじゃないね。チェルシーは怪我《けが》をしなかったかい？」

「ええ、私は特に。しかしティナはしばらく屋敷に戻っていないのです。無事ならいいのですが……」

普段とは異なるお淑やかな口調で、不安そうに言うチェルシー。一人称も「あたし」から「私」に変えている徹底ぶりだ。

言っている内容もめちゃくちゃである。

都合のいいように脚色した結果、ロイドの中ではチェルシーは『妹《ティナ》の家庭内暴力に耐え、それでも妹の身を案じる健気《けなげ》な姉』になっていた。

ティナがこの場にいたら十回以上の訂正が入ったことだろう。

「それは心配だね。捜索隊を出すこともできるから、遠慮なく言うんだよ」

「お心遣い痛み入ります、ロイド様」

形だけの謝意を告げて、チェルシーは微笑んだ。

そこでチェルシーはふと思いついた。

「ところでロイド様、もうすぐ王城でパーティーが開かれるのですよね」

「そうだね。東の国境での紛争を収めた公爵に、褒賞を与えることになったんだ。……ああ、もちろんチェルシーも招待するつもりだよ」

「ありがとうございます。そのパーティーの招待客リストに、ティナの名前も加えてやっていただけませんか？」

「妹君をかい？」

チェルシーは頷く。

「妹があんな暴挙に出たのは、家に籠もりきりだからだと思います。華やかなパーティーに参加すればきっと気が晴れると思うのです」

「なるほど、それはいい考えだね。ではそのように取り計らうよ」

「ありがとうございます。きっと妹も喜びますわ」

……建前を口にしながら、当然チェルシーの狙いは別にある。

（あたしに逆らった罰として、パーティーで大恥をかかせてやるわ……！　似合わない《じ》ドレス姿を披露して、みんなに馬鹿にされればいいのよ）

ティナにあしらわれるという耐えがたい屈辱を受けたあと、チェルシーは本気で父にティナを勘《かん》当《どう》してくれるよう頼んだ。しかし父は世間体を気にして受け入れてくれなかったのだ。どうにかして報復したいと考えていたところだったので、パーティーがおこなわれるのは都合がよかった。

そんなチェルシーのドス黒い思考に気付かず、ロイドは笑みを浮かべる。

「妹君が早く家出から戻ってくるといいね」

「ええ、本当にそう思いますわ！」

チェルシーとロイドはまったく逆の考えを抱きつつ、そんなふうに言い合うのだった。

▼

「ついに……ついにここまで……！」

山籠もりを始めて一か月、私は小川に映った自分の姿に会心の笑みを浮かべた。

そこにいるのはもう『子豚令嬢』ではない。

太りすぎず、痩《や》せすぎず、均整の取れた体つきの少女が、水面からこちらを見返していた。

さすがに一か月では脂肪を落とすので精一杯で、あまり筋肉はつかなかった。

というか、そもそも今世の体は筋肉がつきにくいようだ。

騎士としては少し頼りない体つきではあるけど……十分変化したといえる。

「では、下山の準備をしましょうか」

テントは分解して投棄。

食料は仲よくなった野生動物たちに分け与える。

グレイウルフなどの魔石は、仕留めた猪の毛皮にくるんで持っていく。魔道具の工房や商会に持ちこめば買い取ってくれるかもしれない。

「服もすっかりぶかぶかになってしまいましたね」

なにしろ山に入ったときと今では体型が違いすぎる。服の裾を縛って脱げないようにはしているけれど、あまり見た目がいいとは言えない。……帰り道で知り合いに会わないことを祈るばかりだ。

もろもろの準備を終えた私は、一か月を過ごした川辺をあとにするのだった。

「……なんでしょうか、この音」

山道の出口に近づくと、ふと奇妙な音が聞こえてきた。

金属同士がぶつかり合うような鋭い音だ。これはまさか——

慌てて音のするほうに向かうと、そこでは予想通り、剣を持った複数人が戦っていた。

「お前さえ……お前さえいなくなれば！」

「大人しく命を差しだせ！」

「ちっ、帝国の尖兵がよくもこんな場所まで追ってきたものだな！」

攻撃を凌《しの》ぎながら、黒髪の男性が毒づく。

覆面をつけた十人が、黒髪の男性一人を襲っている。しかし黒髪の男性は十人がかりの攻勢を一人でさばいていた。相当な手練《てだ》れだ。

けれど多勢に無勢、やがて黒髪の男性は剣を弾かれて追い詰められる。

「終わりだ、『八つ裂き公』。護衛もつけずに街を出た自分の迂闊《うかつ》さを後悔するんだな！」

「くっ……」

覆面男たちのリーダーが、黒髪の男性に剣を振り下ろそうとした、その寸前。

「——そこまでです。これ以上の乱暴は見過ごせません」

私は黒髪の男性を庇《かば》うように割って入った。

覆面男たちのリーダーが驚いたように叫ぶ。

「女……!?　なぜこんな場所に！」

「私のことなどどうでもいいでしょう。それより、十人がかりで一人を襲うのはあまりに卑怯だと思いますが」

「黙れ！　見られたからには生かしておけん。死ね！」

覆面の男たちが一斉に襲いかかってくる。

「ばっ、そこの女！　早く逃げ――」

背後で黒髪の男性が慌てたように声を上げる。

私はそれをあえて無視し、腰から剣を抜き放った。

一対多のやり方はいつも変わらない。

敵の一人を盾にかく乱し、隙を作って攻撃する。

さすがに相手はグレイウルフよりは強かったけど、山籠もりダイエットを終えた私の敵ではない。

「な、なんという化け物だ！　撤退、撤退ぃ――――！」

「……逃げましたか」

半数を倒したところで覆面男たちは仲間を抱えて逃げ去っていった。軽やかに自分の体が動くのがとても嬉しい……！　って、そんなことを言っている場合じゃなかった。

敵がいなくなったので庇《かば》っていた相手のほうを向く。

「怪我《けが》はありませんか？」

黒髪の男性は唖然としたまま私を見て言った。

「――シルディア・ガードナー……？」

「え」

唐突に呟かれた名前に私は硬直する。

なぜこの人は私の前世の名前を!?

「そ、それはどういう意味で……？」

私がおそるおそる尋ねると、黒髪の男性ははっとしたように首を横に振った。

「……いや、忘れてくれ。お前の剣技があまりに凄《すさ》まじかったから、伝説の女騎士を連想しただけだ。深い意味はない」

「そ、そうですか。それならいいのですが」

どうやら私の前世に気付いたわけではないようだ。

というか、伝説の女騎士……？

ティナ・クローズが生きているのはユーグリア王国。

かつての私、シルディアが生きていたのと同じ国だ。前世《シルディア》の記録が残っていても不思議ではない。

「お怪我《けが》はないですか？」

「問題ない。かすり傷程度だ」

「……小さな傷でも放っておけば化膿します。薬を塗りますので、怪我《けが》した箇所を見せてください」

黒髪の男性が大人しく手を差しだすので、屋敷から持ちだした軟膏を塗っていく。

改めて目の前の男性を見る。

長めの黒髪と、意志の強そうな赤い瞳。

顔立ちは整っていて、男性的な美形、と表現するのがしっくりくる。

服装は街で買えるようなごく普通のものだけれど、おろしたてなのか真新しい。まるで普段は着ていないものを間に合わせで用意したかのようだ。唯一、腰の剣だけは見事な造りで、一般庶民は生涯触れられないような名剣だとひと目でわかった。

(……休暇中の騎士、などでしょうか。まあ詮索するつもりはありませんが)

そう結論付けたところで、丁度薬を塗り終わった。

「これでいいでしょう。痛みはありますか？」

「いや、ほとんどない」

「それはよかった」

安心させる意味を込めて笑みを向ける。

すると、なぜか黒髪の男性が目を見開いて固まってしまった。

……まさかそんなに私の笑顔は見苦しいのだろうか。そうではないと思いたい。

黒髪の男性はごまかすように咳ばらいをしてから、じっと私を見下ろした。

「……ところでずっと気になっていたのだが、その格好はなんだ？」

「あ」

そういえば、どろどろでぶかぶかの服のままだった。

客観的に考えてかなり見苦しい。水浴びは欠かさなかったので、体臭はそこまでひどくないと思いたいけれど……それ以前の問題が多すぎる。

「それにその赤い髪、どこかで見覚えがあるような……」

鮮やかな赤い髪はクローズ伯爵家の女のトレードマークのようなものだ。

染めていた私の髪は、すっかり母やチェルシーと同じ赤色に戻っている。

このままでは素性がバレかねない……！

「無事なら結構です！　では私はこれで！」

「あ、おい、待――」

黒髪の男性をその場に残し、私は走ってその場をあとにする。

仮にも伯爵令嬢なのに、浮浪者のような格好で山にいた、なんて噂が立ったら大変だ。

さっきの覆面男たちは何者だ？　とか、あなたはこんなところでなにを？　とか、いろいろと聞きたいことはあったけど仕方ない。

私は逃げるように山道を駆け抜けるのだった。

▼

「……なんという足の速さだ」

赤髪の少女が去っていくのを呆然と眺めつつ、黒髪の男性は呟いた。

妙な少女だった。

こんな山の中に女一人でいるのもおかしいし、ただの旅人にしては言葉遣いが丁寧すぎる。

なによりあの剣技——あんな凄《すさ》まじい剣さばきは今まで見たことがない!

かと思えば、最後は年相応の少女のように慌てて去っていった。

それらを順番に思いだし、黒髪の男性はくっくっと笑みを漏らした。

「面白いやつだ。あんな女は見たことがない」

黒髪の男性は街に戻るため、さっきの少女が駆けていったのと同じ山道を下っていく。

覆面男たちはまだ山に潜伏しているだろう。こんな短時間で二度も襲われるのは御免だった。どうせそのうち飽きるほど『やつら』とは戦う羽目になるのだから、今はゆっくりしたい。

黒髪の男性は唇を吊り上げて言う。

「わざわざ面倒な催しのために王都まで来た甲斐があった。領地に戻るまでに、あの女にはもう一度くらい会っておきたいものだ」

そんな彼の言葉に同意でもするように。

彼の差した剣の鞘《さや》で、『メイナード公爵家』の紋章がきらりと輝くのだった。

第二章

「素性のわからない人間を屋敷に入れるわけにはいかん。帰るがいい」

「いえ、ですから私は不審者ではありません。ティナ・クローズです、ガイルさん」

「軽々しく名前を呼ぶな、怪しい女め！　だいたいお前とティナ様は外見が違いすぎるだろう！」

警戒の眼差しを収めてくれない門番のガイルさんに、私は溜め息を吐いた。

ここはクローズ伯爵家の屋敷の前。

しばらくぶりに戻ってきたところ、私は門番によって門前払いを食らっていた。

（……まあ、確かに外見は前とは随分変わりましたからね……）

山籠もりダイエットの思わぬデメリットを見つけてしまった。

「あれ？　どうかしたんですか？」

押し問答していると、敷地の中から声がした。

そこにいたのはふわふわ茶髪のメイド、サラだ。

彼女なら私だとわかってくれるかもしれない！

「サラ、私！　ティナよ！　ガイルを説得するのを手伝ってほしいの！」

「ティナ、様……？　でもお姿が、でもでも声はティナ様そっくりで……」

困惑しているサラ。

そしてサラはなにを思ったのか私のそばまでやってきて、私の手を掴んでくる。

「……さ、サラ？　なにをしているの？」

「くんくん……あっ！　ティナ様です！　間違いなくティナお嬢様ですよ！」

「ちょっと待ってサラ。あなた今、匂いで私だと判断しなかった？」

こんな特殊な方法で識別されたのは初めてだ。

「ふふ、実はわたし結構鼻が利くんです！」

「そんな次元ではないように思うけど……」

前々から子犬みたいだと思っていたけれど、まさか嗅覚まで犬並みだったりするんだろうか。そんな子に嗅がせるには、今の私はあまり綺麗ではないのだけれど。

そんなことを考えていると、ガイルさんが頭を下げてくる。

「す、すみません。まさか本当にティナ様だとは思わず……」

「いいえ、気にしないで。私も外見が変わった自覚はあるから」

「そ、そうですよお嬢様！　一体どうしてしまったんですか⁉　それに一か月もお戻りにならなくて、わたし、わたし……！　心配したんですよぉ……ぐすっ……」

ああ、サラが泣き始めてしまった。

私はサラの頭を撫でつつ、苦笑を浮かべた。

「そのあたりはあとで説明するわ。とりあえず、屋敷に入れてもらえる？　……一か月も出ていたから、そろそろ温かいお風呂が恋しいの」

「すぐに準備してきます！」

サラは勢いよく屋敷の中に走っていった。


「ふう、いいお湯だったわ。サラ、わがままを言ってごめんなさいね」

「いいえ！　あ、お嬢様こちらに座ってください！　お髪《ぐし》を整えますので！」

大浴場で体を清めたあと、サラはそのまま私の髪の手入れに取り掛かった。一か月もまともな手入れができていなかったので、日光を浴び過ぎて傷んでしまった箇所もある。サラは手際よくそういった部分を切り落としてから、補修成分のあるヘアオイルをつけ、手櫛、目の粗いブラシを使い分けて丁寧に浸透させていく。

「……お嬢様、一体どこでなにをなさっていたんですか？　お髪《ぐし》が見たことのない傷み方をしていますよ……？」

う、と言葉に詰まる私。あまりにたるんだ自分の状態に耐えられなかったとはいえ、貴族令嬢としてあるまじきことをした自覚はある。魔物の出る山でダイエットのため過酷な運動に明け暮れていたなんて言ったら、典型的な貴族である両親など卒倒するかもしれない。

「……ちゃんと話すわ。サラも私が家を空けていた間のことを教えてくれる？」

「はい！」

髪の手入れをしてもらいながら、この一か月のことをお互い報告する。

痩《や》せるために山に籠もっていた、と言うとサラはさすがに驚いていた。引っこみ思案なティナしか知らない彼女には、信じられないことだろう。一方サラの話によると、ここ一か月で屋敷に変わったことは特になかったそうだ。

……って、そういえば。

「今更なんだけど、私はまだこの家の娘ということでいいのかしら……？」

「……？　ええと、どういう意味ですか？」

きょとんとするサラ。すっかり忘れていたけれど、屋敷を出る前にチェルシーが「私を勘当《かんどう》させる」というようなことを言っていたのだ。あれが実現していたら今私が屋敷にいるのはトラブルの種になる。その場合はすぐにでも出ていかなくてはならないけれど……チェルシーの脅しはただのはったりだったのか、あるいは父に却下されたのか、サラの様子を見る限りその心配はなさそうだ。

「なんでもないわ。それより、私が急にいなくなって騒ぎになったりはしなかった？」

「……はい」

サラは頷き、言いにくそうにしつつも教えてくれた。

「旦那様や奥様にお願いしても、『どうせすぐに戻ってくる』とおっしゃるばかりで、捜索などもせず……あんまりです……」

両親は私のことを厄介者扱いしていた。

わざわざ捜したりしないだろう。むしろ、このままいなくなってほしいとすら思っていたはずだ。

「サラは心配してくれた？」

「あ、当たり前じゃないですか！　お仕事のあと、毎日街に出てお嬢様のことを捜していましたよ！」

「それなら十分嬉しいわ。ありがとう、サラ」

「うー……そう言っていただけるのは光栄ですけど……」

サラは納得していないようだけど、私にはそれで十分だ。

……というか申し訳なくなってきた。

今後出かける際には、サラにだけでも行き先を伝えるようにしよう。

などと考えているうちに、サラは髪を切り終わった。

そして、遠慮がちに尋ねてくる。

「長さはこのくらいですね。……お嬢様、髪色が元に戻っていますが、また染めてしまいますか？」

「いえ、染めないわ。このままでいい」

「わかりました！　わたしもそれがいいと思います」

どこか嬉しそうに焦げ茶の染め粉をしまうサラ。

チェルシーの言いなりになって自分の髪の色を隠していた私に、心を痛めてくれていたのかもしれない。

けど心配は無用だ。

もう理不尽な姉の命令なんて聞くつもりはない。

今まで我慢してきたぶん、これからは自由に生きるのだ。

サラが髪を切った後始末をしてくれている間、私は鏡に映る自分を見る。

髪は赤く、瞳は青い。すっかりぜい肉の落ちた顔は、女性的なラインを取り戻している。

……改めて見ると、顔立ちそのものは悪くなかったようだ。

自信のなさや、姿勢の悪さがよくない印象につながっていたんだろう。

「ふふ、お嬢様はすっかりお綺麗になりましたね！」

「ありがとう。サラが髪を整えてくれたおかげよ」

「ありがとうございます。そうだ、せっかくですからお洒落《しゃれ》をなさいませんか？　わたし、前から着飾ったお嬢様を拝見するのを心待ちにしていたんです！」

うきうきとそんな提案をしてくるサラ。実に楽しそうだ。

けれど、そんな時間はここで終わりを告げた。

例によって、ノックもなしに扉が開かれたのだ。

「ティナ！　待ちくたびれたわ！　ようやく帰ってきた——の、ね……？」

現れたのは姉のチェルシー。

しかし横暴な姉にしては珍しく、私を見て唖然とした。

「……あ、あんた誰よ!?」

「ティナです」

「嘘おっしゃい！　あんたがあの豚なわけないでしょうが！」

「嘘ではないんですが……」

ひょっとして、これから知り合いに会うたびにこのやり取りをしないといけないんだろうか。

「それでなにか用ですか？　チェルシー姉様」

「……チッ、こんなの計算外よ……無様なドレス姿を笑ってやる予定だったのに……！」

「チェルシー姉様？」

なにやらぶつぶつ呟いているチェルシーに用件を尋ねる。

一体この人はなにをしに来たのか。

チェルシーはどこか不機嫌そうな顔でこう告げてきた。

「……お父様とお母様が呼んでるわ。さっさと来なさい」

「わかりました」

まあ、なんの連絡もなく一か月も家を空けていたら、両親から説教の一つもあるだろう。

心配そうなサラをその場に残し、チェルシーについていく。

「お父様、お母様。ティナを連れてきました」

「入りなさい」

書斎に行くと両親が待っていた。

両親は私を見て面食らっていたようだけど、疑問を口にはしなかった。

……正直ありがたい。毎回自分がティナだと説明するのは面倒すぎる。

父親――エドガー・クローズがごほんと咳ばらいをした。

「ティナ。この一か月どこに行っていたんだ。心配したんだぞ」

サラの話では、心配どころか捜索もしなかったそうですが。

……そう言いたいのをぐっとこらえて、普通に返答する。

「デイン山に入り、なまった体を鍛《きた》え直しておりました」

「で、デイン山？　お前一人でか？」

「はい。ああ、その際に倉庫にあったお父様の剣を持ちだしました。勝手にお借りして申し訳ありません」

「そ、それは構わんが……」

目を白黒させるエドガー。

運動音痴のティナが山籠もりなんて信じられないだろうけれど、私は実際にこうして痩《や》せている。嘘には聞こえないはずだ。

「……ま、まあいい、本題だ。三日後に王城でパーティーが開かれるのは知っているか？」

「いえ、初耳です」

「これがその招待状だ。ティナ、お前も招待されている」

「私が？」

エドガーの差しだした招待状には、確かに私の名前も書かれていた。

……珍しい。普段なら両親とチェルシーの名前しかないのに。

「ロイド王太子殿下じきじきのお誘いだ。必ず出席するように」

「わかりました」

エドガーにそう念押しされたので、ひとまず頷いておく。

まあ、パーティーに出るくらい構わない。

邪魔にならない位置でお開きまで静かにしていればいいだけだ。

「……」

私がエドガーと話している間、ずっとつまらなそうにしているチェルシーが妙に気になった。


「そうだわ、ドレスよ！」

「……はい？」

書斎を出た途端、チェルシーは声を上げた。こちらを向いた彼女は、ニヤニヤと愉快そうな表情を浮かべている。

「ティナ、あんたパーティーに着ていくドレスはどうするつもり？」

「どうするもなにも、手持ちのものから――あ」

「持ってるものを着られるの？　今のあんたが？」

ようやく事態を理解した私に、チェルシーが笑みを深くする。

私も一応は伯爵令嬢なので、夜会用のドレスくらい持っている。

しかし、それは以前の体型に合わせたものだ。

今の私が着ればぶかぶかどころの騒ぎじゃないし、相当見苦しいことになるだろう。

つまり、私は持っているドレスで王城のパーティーに参加することはできない。

(……パーティーまで三日では新しく作ることはできない。お母様に借りるにしても、背丈が合わないし……)

母親のイザベラは私より背が低いので、彼女からドレスを借りるのは無理がある。……まあ、彼女も私を嫌っているので、サイズが合っても貸してはくれないだろうけれど。

しかし、そうなると――

「……チェルシー姉様。古いもので構わないので、ドレスを貸してはいただけないでしょうか」

「そうよねえ。あんたの着られそうなドレスを持ってるの、この家ではあたしだけだものねえ」

チェルシーの言う通り、私がパーティー用のドレスを用意する手段はもうそれしかない。

チェルシーなら身長も体型も今の私とかなり近い。

彼女からドレスを借りるのが、この問題を解決する唯一の方法だろう。

……という私の状況をチェルシーは完全に理解している。

「そうねえ。それなら頼み方ってのがあるでしょ？　ティナ」

「……お願いします、チェルシー姉様。どうか私にドレスを貸していただけませんか」

「嫌に決まってるでしょう、この豚が！　あんたはみっともないドレスを着て恥をかけばいいのよ！　あっはははは！」

「……」

残念だ。実の姉でなければ剣の柄《つか》で殴っているのに。

「ですが姉様、私が変な格好でパーティーに出ればクローズ家の名に泥を塗ることになります」

「そうね～。そうならないように、あと三日でドレスを調達できるよう頑張ってね？　ま、できるならだけど！　あはははははっ！」

私の説得など意に介さず、チェルシーは高笑いしながら去っていった。

「……頭が痛くなってきますね」

あの人は私に恥をかかせられれば、他のことはどうでもいいんだろうか。

普通、貴族令嬢なら家の看板は守ろうとするはずなのに。


「――というわけなんだけど、サラ。なにかいいアイデアはないかしら」

「………………、チェルシーお嬢様は相変わらずでいらっしゃいますね」

「口調はともかく表情が不満を隠せてないわよ。……私のために怒ってくれるのは嬉しいけれど」

困り果てた私は、屋敷の掃除をしていたサラに相談していた。

雇い主の娘であるチェルシーのしたことなので、サラも直接不満を口にすることはない。

顔には出ているけれど。

「仕方ありません、三日以内にドレスを調達できるよう手を尽くしましょう！」

「そうね。サラ、悪いけれど手伝ってくれる？」

「当たり前じゃないですか！　まずは資金の確保ですね。旦那様に相談してきます！」

そう言うなりサラは書斎に突撃していった。すごい行動力だ。戻ってきたサラは、父親のエドガーからお金を預かってきていた。

家の名前に傷をつけたくないエドガーは、チェルシーと違って嫌々ながらも手を貸してくれたようだ。

「では、街に行きましょう！」

「……？　サラ、街のどこに向かうの？」

「仕立屋です！　オーダーメイドは三日では無理ですが、既製品であれば裾直しくらいすぐですから！　貸衣装という手もありますね！」

「ああ、なるほど」

男爵や子爵といった下位貴族の令嬢であれば、そういう手段をとることが多い。

今まで私はオーダーメイドばかりだったので失念していた。

確かにそれは名案だ。

その方法なら、素敵なドレスも見つかるに違いない！


「――全然見つからないじゃないですかぁーっ！」

数時間後、三軒目に入った仕立屋でサラが頭を抱えていた。

「なにを言っているの、サラ。ここに貸衣装のドレスが何着か残っているじゃない」

「それが『七色のカラフル野菜模様ドレス』とか、『漆黒の闇に渦巻く黒き炎柄ドレス』とかを指しているならアウトですお嬢様！　いくらサイズが合っていても大恥では済まないですよ⁉」

「……やっぱり駄目かしら」

「駄目です！」

手に持っていた独特なドレスたちはサラに回収されてしまった。

……要するに、ドレスがなかなか見つからないのである。

もともと貸衣装は数が少ない。そのため、パーティーの招待状が届いた瞬間から、下位貴族の令嬢たちの間で争奪戦が始まり、パーティー直前にはまともなデザインは一つ残らず予約済みになっている。既製服のほうも似たような理由で売り切れていた。土壇場で動きだした私たちが苦戦するのは仕方ない……ということだろうか？

うーん、微妙に納得できない。仕立屋が乱立する王都でそんなことがあるだろうか？

「やっぱりおかしいです、こんなにドレスが手に入らないなんて……！」

私と同じ疑問を感じたらしいサラが呟くと、店主がこう説明してくれた。

「今回はあの『八つ裂き公』がパーティーにご出席なさるそうですからね。一目見ようというご令嬢やご夫人が多くいらっしゃるようです」

「『八つ裂き公』？」

なにやら物騒な二つ名だ。

「国境沿いのメイナード領を治める公爵様のことですよ。公爵様は幾度にもわたる帝国の侵略を毎回撃退されているでしょう？　ただ撃退するだけでなく、敵の心を折るために捕虜を敵の目の前で八つ裂きにされるそうで、そう陰で呼ぶ方も多いのです」

「……効果的かもしれませんが、騎士道に反しますね」

敵の士気を下げるためとはいえ、敵国の捕虜を八つ裂きにするなんて信じがたい。

この時代の戦時条約はどうなっているのか。

ドレスを元の場所に戻してきたサラが、店主に尋ねる。

「どうしてその方が来ると、女性がパーティーに行きたがるんですか？　聞いた限りでは、とても、その、怖い方のような……」

「それが、そのメイナード公爵はとんでもない美形でいらっしゃるようでして。しかも若くて独り身だそうだから、未婚の女性には興味が尽きない殿方なんです。……まあ、怖いもの見たさの人も多いかもしれませんが……」

苦笑しながら店主が言った。

どうやらその『八つ裂き公』はかなりの美形らしい。

有名らしいその人物について、私はまったくと言っていいほど知らない。両親が私の存在を恥じて社交界には行くなときつく言ってきていたし、私自身華やかな場所には気後れして行く気になれなかったせいだ。……まあ、良縁を探す気もなかった私には、遠くの領地を治める公爵様が美形かどうかなんてどうでもいいことだけれど。

それよりドレスをどうしようか。

「サラ、そういう理由では仕方ありません。やはりさっきのうちどちらかのドレスを」

「だから駄目ですってば！」

「――あら、そこにいるのはティナかしら？」

「え？」

不意に名前を呼ばれて振り向くと、そこには銀髪の若い女性が立っていた。理知的な顔立ちは整っていて彫像のようだ。しかし声には親しみがあった。

それもそのはず、私はこの人物と知り合いなのだ。

「ミランダ様……お久しぶりです」

ミランダ・マクファーレン様。年は私の二つ上で十八歳。大領地を預かるマクファーレン公爵家の長女であり、第二王子デール殿下の婚約者でもある。私とは諸事情により親交があった。

「本当に久しぶりね。私はデール様についてしばらく南にいたから……それより驚いたわ。あなた、少し見ない間にすっかり見違えたわね。とても綺麗よ」

「あ、ありがとうございます」

いつの間にか私の背後に控えたサラが、ミランダ様の言葉に何度も頷いている。嬉しい評価だけれどむずがゆくもある。

「ミランダ様もドレスをお求めに？」

「いいえ、道からあなたの姿が見えたから声をかけに来ただけ。すぐにあなただとわかったわ。こんなに可愛らしいメイドを付き人にしている令嬢はあまり多くないもの」

「……なるほど」

サラは十四歳と若いうえ、年齢より幼く見える。特徴的ではあるだろう。

「ティナはドレスを買いに来たのかしら」

「はい。ただ、相当品薄になっているようです。どうも三日後のパーティーにメイナード公爵様がいらっしゃるそうで」

「ああ……そうね。なんとなく事情がわかったわ」

ミランダ様は苦笑してから、こんな提案をした。

「それなら私のドレスを着て参加するのはどうかしら？　背丈も変わらないし、丁度いいと思うわ」

「い、いいんですか？」

「ええ。ティナがよければ今から屋敷に来ない？　ドレスを選ぶなら時間はいくらあっても足りないでしょう」

「ありがとうございます、ミランダ様！」

予想外の助け舟に、私は一も二もなく頷いた。

ミランダ様の馬車に乗り、マクファーレン家の屋敷に向かう。その道中、私とミランダ様はお互いの近況について話し合った。

「では、ミランダ様は今回のパーティーには参加なさらないのですか？」

「そうなるわ。デール様の事業がいよいよ大詰めだから、私のほうもやることが多くて。一時的に王都に戻ってはいるけれど、すぐにまた出なくてはならないの」

「大変ですね」

「そうね。けれど充実しているわ」

第二王子のデール殿下は大きな事業をいくつも動かしていて、ミランダ様はその補助を務めている。忙しそうではあるけれどミランダ様の表情は明るい。きっとやりがいがあるんだろう。

話しているうちに屋敷に到着した。馬車を降りて屋敷に入る。

「それじゃさっそくドレスを選びましょうか」

案内されたのは広いドレスルーム。瀟洒《しょうしゃ》な意匠の部屋には、数多くのきらびやかなドレスがかけられている。着飾ることに慣れていない私からすると、くらくらするほど華やかな部屋だ。サラが目を輝かせる。

「お嬢様、わたしがドレスを選んでも構いませんか!?」

「そ、そうね。お願いしようかしら。ミランダ様、よろしいですか？」

「いいんじゃないかしら。その子ならティナに似合うものをよく把握しているでしょうから」

「ありがとうございます！　ああ、ティナ様に着飾っていただける日が来るなんて……！」

ハンガーラックに向かっていくサラは心底嬉しそうだ。心なしか足取りも弾んでいる。

「あとでアクセサリーも選びましょう。ティナに一番似合うものを厳選しなくてはね」

「ミランダ様、そこまでしていただくのは……」

「いいのよ。あなたは私の友人の恩人だもの。このくらいのことはさせて」

「……それは」

私とミランダ様の関係は少し複雑だ。

ミランダ様にはあるご友人がいた。その方も公爵家の令嬢で、幼少から決められた第一王子ロイド殿下の婚約者だった。

そんなミランダ様の友人はある不幸に見舞われる。貴族学院に入学したあと、一人の伯爵令嬢に目をつけられたのだ。ロイド殿下を射止めたかったその伯爵令嬢は、ミランダ様の友人の悪評を流した。ときには自分の体を自分で傷つけ、「自分はロイド殿下の婚約者からひどいいじめを受けている」と言い張って。

ミランダ様の友人は精神的に追い詰められ、最終的にはロイド殿下の婚約者の座から降りた。現在は修道院で静かに暮らしている。一方悪評を流した伯爵令嬢は、ロイド殿下に言葉たくみに取り入って新たな婚約者の座にもっとも近い場所にいる。

……そう、その諸悪の根源である伯爵令嬢はチェルシーなのだ。

「ミランダ様、私はミランダ様のご友人を貶《おとし》めた女の妹です。なぜここまで優しくしてくださるのですか」

「チェルシー・クローズは許せない。許すつもりもないわ。私が他国に留学していた時期を狙った卑劣さも含めてね。けれどあなたは私の友人を心配して、何度も声をかけてくれたのでしょう？」

それは事実だ。誰もがチェルシーに騙される中、ティナだけはミランダ様の友人を案じて何度も彼女のもとに足を運んだ。

「……ですが、結局悪評が広まるのを止めることはできませんでした」

「それでもあなたは彼女の味方をしてくれた。それだけで私には十分なのよ」

微笑んでそう言うミランダ様。そこまで言われては厚意に甘えないわけにはいかない。

「ティナ様、試着をお願いしたいのですが！」

「わかったわ」

サラがドレスを選び終えたようだ。彼女に手伝ってもらい、試着してみる。それをミランダ様に見て感想を聞き、それを踏まえてサラが再度ドレスを選ぶという流れを何度も繰り返す。やがてミランダ様は深く頷いた。

「よく似合っているわ、ティナ。他のも悪くはないけれどそれが一番ね」

「あ、ありがとうございます……」

サラが選んだ中でミランダ様からの評価が一番高かったのは、深い青色の一品。落ち着いた印象の生地に花の刺繍《ししゅう》がよく映える。

「やはり今のティナお嬢様であれば、素材のよさを引き立たせるシンプルなデザインのほうがいいみたいですね。本当にお似合いです！」

「ええ、素敵だと思うわ。ティナ、どうかしら？」

「そうですね。落ち着いていてとても綺麗なドレスだと思います。ただ、その……」

「どうしたの？」

「……胸回りが、少しきついかもしれません」

ティナの体から余分な肉は落としたはず。なのになぜか一部だけ脂肪が落ちなかったのだ。筋肉がつきにくい体質といい、つくづく剣が振りにくい体である。

ミランダ様はわずかに眉根を寄せて呟いた。

「……やるわね、ティナ」

こんなところを褒められても……

「サラ、といったわね。あなたドレスのサイズ直しはできる？」

「は、はい。服の扱いは得意です」

「なら、このドレスはティナにプレゼントするわ。サラ、遠慮なく胸回りのサイズを直していいから、ティナに一番似合うようにしてあげてちょうだい」

「わかりました、ミランダ様！」

私は慌ててミランダ様に声をかける。

「い、いいんですか？　こんなに素晴らしいドレス……」

「気にしなくていいと言っているでしょう。せっかくの機会なんだから、あなたはパーティーを楽しんでくれればいいの。今のあなたならきっと殿方が放っておかないわよ」

「はあ……」

前世を含めて殿方に好かれた試しがない。なんだか現実味のない言葉に聞こえてしまい、私は曖《あい》昧《まい》な返事をした。


「お嬢様、本当によくお似合いですよ。苦しくはありませんか？」

「問題ないわね。ありがとう、サラ。サイズを直してくれて」

「いえいえ！　このくらいお安い御用です！」

パーティー当日、私はサラに身支度を整えてもらっていた。

化粧を施し、髪を結い、ドレスを身に着ける。鏡を見ると痩《や》せる前とは別人としか思えない女性が映っている。これなら少なくともパーティーで恥をかくようなことはないだろう。

「行ってらっしゃいませ、お嬢様」

「ええ、行ってくるわ」

サラに見送られて屋敷を出る。

屋敷の前に停まっている馬車に近づくと、いつものように着飾ったチェルシーが馬車の前で待ち構えていた。御者を務める使用人と話し込んでいた彼女は足音に気付いてこちらに顔を向けてくる。

「あ~ら、随分遅かったじゃない、ティナ！　どうせみっともないドレス姿を少しでもよく見せようと悪あがきでも――」

そこまで言ったところで、チェルシーの意地悪そうな笑みが凍りついた。

「な、なんであんたがそんなに綺麗なドレスを着てるのよ⁉」

甲高い声で叫ぶチェルシー。私がまともな格好などできないという確信が裏切られたからか、かなり取り乱しているようだ。

「親切な方が助けてくれたもので」

「チッ、予定が狂ったわ……この時期じゃあ貸衣装もなくなってるはずだし、絶対にドレスを用意できないと思っていたのに……！　このままじゃ下手をすればあたしより……」

チェルシーが爪を噛みながらまたぶつぶつ言っている。

……またよからぬことを考えているんだろうか。パーティーが無事に終わればいいけれど。

その後やってきた両親と四人で馬車に乗り、王城へと出発する。

ちなみに、プラムはまだ社交界デビュー前なので、今日は留守番だ。

使用人と一緒に、悔しそうな顔で馬車を見送る妹の姿が印象的だった。


広大な前庭で馬車から降り、王城へと入っていく。

(王城は変わっていませんね。……いくつか建物は増えているようですが)

招待客で賑わう王城の中を、前世の記憶と照らし合わせながら歩いていく。一応ティナとしても王城で催される夜会に参加したことはあるけれど、いつも俯いてばかりいたせいで、この時代の王城の景観についてはあまり覚えていないのだ。

両親や姉は知人に挨拶《あいさつ》しに行ってしまったので、今は一人だ。

ミランダ様は今日のパーティーは不参加だし、『子豚令嬢』呼ばわりされていた私には友人なんていないので、正直言ってやることがない。

（いつも私がどう過ごしていたか、思いだしてみましょう）

私は前世の記憶を参考に、時間を潰すことにした。

まずは鋭く周囲に視線を走らせる。

警備の兵士の人数・配置を確認。——問題なし。

さらに参加者の貴族を狙う暗殺者が紛れこんでいないか観察。——問題なし。

食事に毒などが盛られていないか、各テーブルを回って目と鼻、舌で確認する。——これも問題なし。

結論、このパーティー会場は安全である。

（……この過ごし方はなにか違う気がします）

これは騎士としての過ごし方だ。おそらく一般的な令嬢は会場の警備状況なんて気にしないだろう。

そうこうしているうちにパーティーは進行していく。

『——先日の帝国による侵略を、瞬く間に撃退した功績をたたえて勲章を授ける。メイナード公爵は前へ』

前方では、宰相の指示で一人の男性が陛下の前に進みでたところだ。

背の高い、黒髪の男性である。

人垣のせいで顔立ちまでは見えないが、令嬢たちが黄色い声を上げているので、相当な美形というのは本当らしい。

（……あれが仕立屋の店主が言っていた『八つ裂き公』ですか）

なんでもこのパーティーは、彼の功績をたたえるためのものらしい。

ユーグリア王国は、好戦的な帝国と東の国境を接している。

そのため、よく帝国から侵略を試みられるそうだけど、いつもあのメイナード公爵が軍を率いてあっという間に鎮圧してしまうらしい。先日も帝国との紛争を彼がおさめたことで、こうして祝いの場が用意されたという。

会場のあちこちから聞こえる会話によると、戦勝パーティー自体はたびたびおこなわれるようだけれど、メイナード公爵本人が出席することは滅多にないらしい。理由は帝国からの侵略に対する警戒を怠らないため。普段は代理人に出席させているそうだけれど、今回は勲章授与があるため公爵自身がやってきたようだ。

（それはいいのですが、どうも見覚えがあるような……？）

メイナード公爵の背格好に、既視感がある気がしてならない。

会ったことも話したこともないはずだというのに。不思議だ。

私がそんなことを考えているうちに表彰は終わり、歓談の流れになる。

私のもとに貴族令息らしい青年が歩み寄ってきた。

「あのっ、美しい赤髪の令嬢！　あなたの名前をお聞かせ願えませんか？」

「……？　私ですか？」

「は、はい！」

まさか一人でいる私に話しかけてくる相手がいるとは。

私はドレスの裾を摘んで挨拶《あいさつ》した。

「……失礼しました。クローズ伯爵家次女、ティナ・クローズと申します」

「へ？　ティナ・クローズって……こ、『子豚令嬢』ぉおおおっ⁉」

青年がいきなり大声を上げ、私は多くの人の視線を浴びる羽目になった。

「今、『子豚令嬢』って言ったか？」

「あの子が？　全然噂と違うじゃないか！」

「けど髪の色はチェルシー様とそっくりだぞ。というか、チェルシー様よりあの子のほうがよっぽど――」

目の前の青年に大声を上げられたせいで、変に注目されてしまっている。

「あなたとは初対面だったと思うのですが、いきなりそんな呼び方をなさるのは失礼ではありませんか？」

「い、いや、すまない。そんなつもりじゃ……」

悪気があったわけではないのだろう。目の前の青年が慌てふためく。

……こんな祝いの場で雰囲気を悪くするのもなんだし、あまり追及しないほうがいいか。私は苦笑を浮かべた。

「今後お控えいただければ結構ですよ」

「ち、誓ってもう言わない。……それにしても驚いた。噂とは随分違うんだね」

「そうですね。少しばかり山に籠もって減量をしたので」

「や、山に？」

私の言葉に目を丸くする青年だった。

そんな感じで談笑していると、他の貴族令息たちもやってきた。

取り囲まれた私は、次々と質問を受ける羽目になった。

趣味はなにかと聞かれたので「剣術でしょうか」と答えたら、その方面の話題で意外なほどに盛り上がってしまう。

この時代でも貴族男子は剣術をたしなむものらしい。

前世が前世なので、私としても武芸関連の話題のほうが話しやすかった。

「すみません、喉が渇いたのでなにか取ってきます」

話が一区切りついたところでその場を離れる。

（……見られていますね）

飲み物が置いてあるテーブルに向かう途中、私は視線を感じた。

視線は主に令嬢たちからのもので、敵意に近い感情を向けられているようだ。

複数の若い男性と話しこんでいたせいで悪目立ちしたらしい。

案の定、私の進路をさえぎるように数人の令嬢が立ちふさがってきた。

しかもその先頭に立つのは、私のよく知る人物だった。

「ティナ。少し調子に乗りすぎなんじゃない？」

「……なんの話ですか、チェルシー姉様」

取り巻きを伴って現れたのはチェルシーだった。

その表情はいかにも不機嫌そうだ。

「なんの話ですって？　男を何人も誑しこんでたことに決まってるじゃない！　少し見栄えがよくなったからって図に乗ってるんじゃないわよ、『子豚令嬢』のあんたなんかが！」

「そうです、チェルシー様の言う通りです！」

「分別というものを身に着けたほうがよろしいかと！」

チェルシーが怒鳴《どな》ると、他の令嬢たちも口を揃えて責め立ててくる。

……なんだか頭痛がしてきた。

どうしてこんな場所でまでチェルシーに絡まれないといけないのか。

「私は同年代の方と、共通の話題について話していただけです。誑しこんだ、なんて言い方はやめてもらえますか」

「うるさい！　あんたごときがあたしに逆らうんじゃないわよ！」

目を吊り上げたチェルシーが掴みかかってくる。

前にもこの流れはあったでしょうに……学習能力がないんだろうか。

私が一歩横にずれると、チェルシーは前のめりに転んでしまう。

「きゃあっ！」

「どうか落ち着いてください、チェルシー姉様。これ以上はクローズ家の品位を疑われかねません」

「チェルシー様になにをするのよ！」

チェルシーの取り巻きの一人が、テーブルからグラスを取って中身を私にぶちまけてくる。

私はそれを避けようとして――あることに気付き、咄嗟《とっさ》に動きを止めてしまった。

当然、避けなければ最悪の結果が待っている。

ばしゃっ！　と水音を立てて、私のドレスのお腹あたりに大きなシミができた。

中身はワインだったようで、鮮やかな青のドレスはその部分だけ黒っぽく変色している。

「あ……わ、私、そんなつもりじゃ」

「……」

ワインを私にぶちまけた令嬢は、我に返ったようで顔を青ざめさせている。

私は変色したドレスを見下ろした。

それから、ぎり、と歯を食いしばる。

このドレスは私を気遣ったミランダ様が譲ってくれて、サラが神経を削って手直しをしてくれたものだ。マクファーレン家のドレスルームでこれを試着した私を見て、二人は自分のことのように嬉しそうに似合っているとを言ってくれた。それが、こんなくだらない理由で汚されるなんて。

私が一言言ってやろうと顔を上げると――

「これは一体なんの騒ぎだい？」

豪奢な衣装に身を包んだ金髪の青年が現れた。

ロイド・ユーグリア王太子殿下。この国の王位継承権第一位の人物だ。

その人物を見て誰よりも最初に動いたのは、床から勢いよく立ち上がったチェルシーだった。

「ロイド様！　お騒がせして申し訳ありません、うちの妹がとんだ無礼を！」

「妹君が……？　なにかあったのかい？」

ロイド殿下が話を聞く姿勢を見せると、さっきまでとは別人のように礼節をわきまえた口調でチェルシーが説明する。

「私がいけないのです。パーティー内での妹の振る舞いが目に余ったので注意したら、妹は逆上して私を突き飛ばしてきて……」

……ん？　私がチェルシーを突き飛ばした？

「それを見た私の友人が、妹の頭を冷やそうとグラスの中身をかけたのです。……どうか友人を責めないでやってください。私を庇《かば》おうとやったことなのです」

「そ、そうなんです！」

チェルシーがアイコンタクトを送ると、ワインをかけた令嬢は慌てて頷いた。

ロイド殿下は質問をする。

「……妹君がやっていた『目に余る振る舞い』というのは？」

「複数の貴族令息と談笑してから、私たちを見下すようなことを言ったのです。内容はとても私からは言えません。……きっと妹は、令息たちにちやほやされて浮かれていたのでしょう」

ぬけぬけとそんなことを言うチェルシー。

ロイド様も、「そうか、妹君はパーティーに不慣れだと聞いていたが……そこまでだったのか」などと納得しかけている。

いやいやいやいや、そんなわけがないでしょう。

ロイド殿下はこの状況を見てなんとも思わないのだろうか。

多数の年上の令嬢に囲まれ、ドレスをワインで汚された私が、どうして加害者になるのか。

普通に考えればそうはならないはずなのに。

（……ああ、チェルシー姉様はロイド殿下と親しいから）

きっとロイド殿下は『チェルシーが悪者なわけがない』と決めつけてしまっているのだ。

ここは自分で弁明しなくては……！

「チェルシー姉様。嘘はやめていただけますか？　姉様は私に一方的に絡んできた挙句、勝手に転んだのではありませんか」

「ティナ、どうして嘘を吐くの？　ロイド様の前なのよ。悪いことをしたのだから、潔く謝りなさい？　それで許してあげるから」

「どの口で言っているんですか！」

駄目だ、チェルシーは完全に嘘を吐き通すつもりでいる。

(誰か私の潔白を証明してくれそうな人は……！)

視線を周囲に向けるけど、誰も私と目を合わせようとしない。

理由はチェルシーの存在だろう。

ロイド殿下と仲のいい彼女は、王太子妃候補の筆頭だ。誰だってそんな人間の怒りは買いたくないというわけだ。

「おい、なにかあったのか？」

「よくわからないが、クローズ家の次女が長女を突き飛ばしたらしい」

「そうなのか？　それは大変じゃないか」

そうこうしているうちに野次馬が集まってくる。

なにも知らない人たちは、責められている私を見て悪人と勘違いをする。

気付けば私はチェルシーだけでなく、ロイド殿下や、周囲の人々からも嫌悪の眼差しを向けられていた。

「さあ、潔く謝りなさいティナ。今ならきっとロイド殿下も許してくださるわ」

勝ち誇ったような声色で言い放つチェルシー。

「――そうか？　俺にはそいつが謝罪する理由がさっぱりわからないが」

「「!?」」

人垣を割って現れたのは、黒髪の青年――ウォルフ・メイナード公爵だった。

「…………えっ」

その姿を見て私は困惑した。

メイナード公爵が急に現れたから、ではない。

間近で見たその人物に見覚えがあったからだ。

(この人、どう見ても山道で助けたあの男性では……?)

馬鹿な。まさか例の覆面男たちに襲われていたのが、『八つ裂き公』だったとでもいうのか。そんなことがありえるんだろうか。

混乱する私をよそに、メイナード公爵は低く落ち着いた声を周囲の人々に投げる。

「俺が見た限り、絡んでいたのはチェルシー嬢のほうだ。口論のあと、妹に掴みかかろうとしたが避けられて無様に転んだ。そのときにチェルシー嬢の取り巻きが逆上し、チェルシー嬢の妹にワインをぶちまけたのだ。つまり、嘘を吐いているのは彼女ではなくチェルシー嬢のほうというわけだ」

チェルシーが顔を引きつらせながらも尋ね返す。

「こ、公爵様の見間違いではありませんか?」

「いや、確かにこの目で見た。俺の目がどれだけいいかはよく知っているだろう、チェルシー嬢?

貴族学院では同級生だったのだからな」

同級生、と言いましたか。

ユーグリア王国の貴族たちは多くが十五歳になると貴族学院に入学する。そして十八歳までの三年間を通して、選りすぐりの教師たちから他では学べないような高度な教育を受けたり、他の家と関係性を築いたりといったことをするのだ。メイナード公爵は見たところ二十代前半くらいで、チェルシーたちと年齢も近そうなので、同級生というのはありそうな話だ。

「ぐぬぬ……」

チェルシーが唇を噛んで黙りこんでいる。

見かねたようにロイド殿下が横から口を出した。

「ウォルフ。急に出てきて失礼ではないかな？　チェルシーが嘘を吐く必要なんてどこにもないじゃないか」

「ご気分を害して申し訳ございません、殿下。しかし罪なき女性が悪人扱いされるのを見過ごせば、私は今日という日を心から楽しむことはできないでしょう」

うぐ、とひるむロイド殿下。今日のパーティーはメイナード公爵をたたえるためのものだ。こんな言い方をされたら無視はできない。

「……では周りの人間に聞いてみようか。それでハッキリするはずだ。それでいいかい、チェルシー？」

あ、ロイド殿下が無自覚にキラーパスを放った。

メイナード公爵がにやりと笑みを浮かべる。

「それがよろしいでしょう。私の言葉が間違いであれば、チェルシー嬢に謝罪いたします」

「そ、それは……」

チェルシーが冷や汗を流し始める。

ロイド殿下に尋ねられればさすがに周囲も嘘は吐けない。

困り果てたチェルシーは、最終的に逃げを選んだ。

「も、もういいです。これ以上はバカバカしくてやっていられません！」

「あ、チェルシー！」

「「チェルシー様っ！」」

その場を去ったチェルシーをロイド殿下や取り巻きが追っていった。

ああ、やっといなくなってくれた。

疲れて溜め息を吐く私に、ばさ、となにかがかけられる。

それは上着だった。メイナード公爵が自らの上着を脱ぎ、私に羽織《はお》らせたのだ。

おそらくは汚れてしまったドレスを隠すためだ。

「あ、ありがとうございます」

「なに、問題ない。だが少し時間をもらうぞ。山道で助太刀してもらったときの礼もまだしていないしな」

「……はい」

やっぱりこの人は、山籠もりの帰り道で出会ったあの人物のようだ。

私たちはひとけのないバルコニーのほうへ向かうのだった。


バルコニーに出た私たちはお互いに自己紹介を済ませた。

「なるほど、ティナ・クローズ伯爵令嬢か。噂の『子豚令嬢』がこんな姿とはな」

「あら、かの有名な『八つ裂き公』にまで知られているとは光栄ですね」

「はは、冗談だ。気を悪くするな」

私がにっこり笑って皮肉で応じると、メイナード公爵はおかしそうに小さく笑った。

この対応でなぜ少し機嫌がよくなっているのだろうか。謎だ。

改めて見ると、メイナード公爵は凄《すさ》まじい美男子だった。

艶のある黒い髪に、切れ長の赤の瞳。整った目鼻立ちからは精悍《せいかん》さを感じる。

確かに令嬢たちがこぞって見に来るだけのことはある美貌だ。

とりあえず、私はメイナード公爵に頭を下げる。

「改めて、先ほどはありがとうございました」

「それこそお互い様だ。お前も山道で俺を助けただろう。……まあ、あのときはまさか伯爵令嬢とは思わなかったが」

「忘れてください……」

あのときの私は伯爵令嬢として許される服装ではなかった。

速やかに記憶から消してほしいところだ。

私は話題を変えるため、別の質問をする。

「メイナード公爵を襲っていた、あの覆面の賊は何者だったのですか？」

「帝国から派遣された暗殺者だろうな」

メイナード公爵は即答した。

「あ、暗殺者？　帝国のですか？」

「ああ。俺の領地が帝国と隣接する国境沿いなのは知っているだろう。まともに侵攻を仕掛けても俺に勝てないから、ああしてたびたび暗殺者を送ってくるわけだ」

そう言うメイナード公爵は平然としていた。

闇討ちされることに慣れているのかもしれない。

それなら護衛くらいつけておけばいいのに。

「その暗殺者たちはまだ近辺に潜伏しているのですか？」

「いや、もう捕えている。俺の部下や王都の騎士たちを動員してな」

「そうですか」

その件はけりがついているということだろう。

メイナード公爵がにやりと笑ってこちらを見た。

「では、今度はこちらから質問だ。お前、剣術はどこで学んだ？」

……さて、どう答えよう。

まさか前世がどうこうなんて言うわけにもいかない。

かといって、ごまかそうにも帝国の暗殺者との戦いで、私の実力はバレてしまっている。

「や、山籠もりをしている間に、旅の剣士に教えてもらったのです」

「ほう？　それは冒険者か？」

「さ、さあ。深くは聞いていませんので……」

メイナード公爵は私をじっと見ている。

本当にやめてほしい。私は嘘を吐くのがとても苦手だから。

「……まあいい。で、伯爵令嬢のお前がなぜ山籠もりなどをしていたんだ？」

「ああ、それはダイエットのためです」

「ダイエット？」

「はい。なまった体を絞るには、山に籠もって修行するのが一番かと思って」

一拍置いて、「ブフッ……」とメイナード公爵が噴きだした。

「ふ、く、ははっ……や、山に籠もってダイエット……伯爵令嬢が……くくっ……」

「……その反応は不本意です」

こんなことでツボに入るとは思わなかった。

(それにしても、笑っている顔は意外と無邪気に見えますね)

こうしていると、目の前にいる青年が普通の人間に見えてくる。

『八つ裂き公』なんて言われているからどんな人物かと思ったけれど、少なくとも快楽殺人をするような人には見えない。

そうこうしているうちにバルコニーには人が増えてくる。

メイナード公爵は自然と衆目を集める。やはりこの人は相当な美形なのだ。

その様子に彼はふむと顎に手を当てる。

「人が増えてきたな。これではゆっくり談笑もできん。……ところでティナ・クローズ伯爵令嬢。お前はまだパーティー会場に残りたいか？」

「いえ、まったく。正直今すぐ帰りたいくらいです」

「ではそうしよう。俺の馬車で屋敷まで送る。話の続きは馬車の中でしよう」

メイナード公爵は返事も聞かずにすたすた歩いていってしまう。

「ま、待ってください。送ってくださるのはありがたいですが、公爵様も同行するつもりですか？このパーティーの主役はあなたなんですよ!?」

「実は今、俺は猛烈に腹が痛くてな。ああ泣きそうだ。病人なんだから、パーティーを抜けるのも仕方ないことだ」

「絶対に嘘ではないですか！」

棒読みで喋るメイナード公爵に突っこむと、彼は愉快そうに笑う。

よくわかった。この人は変人だ。

私は内心でそう確信しながら、メイナード公爵のあとを追った。

メイナード公爵の馬車で王城を出ると、向かいの座席に座った公爵が尋ねてくる。

「さて、俺にはまだ聞きたいことがある。チェルシー嬢とお前がもめていたときのことだ」

「なにかおかしなところがありましたか……？」

「とぼけるな。お前、取り巻きがワインをかけようとしたとき、わざと避けなかっただろう。あれはなぜだ？」

メイナード公爵の言葉に、ああ、と私は頷く。

確かに私はチェルシーの取り巻きが放ったワインをかわさなかった。

別に大した理由じゃない。

「あのとき、私の背後には他の令嬢がいました。無関係な人を巻きこむくらいなら、当事者である自分が汚れたほうがマシだと思っただけです」

「つまり、名前も知らない令嬢を庇《かば》ったと？」

「別に不思議なことではないと思いますが」

チェルシーに絡まれていたのはあくまで私だ。そんな事態に他人を巻きこむわけにはいかない。

それに前世が騎士だった私にとって、体を張って他者を守るのは本能みたいなものだ。

「――なるほどな。納得がいった」

「？」

メイナード公爵は満足げな笑みを浮かべた。

なんでしょうか、この反応は。

屋敷に到着し、馬車が停まる。

「送っていただきありがとうございました。では、私はこれで失礼します」

私が馬車を降りようとすると、こう声をかけられた。

「ティナ・クローズ伯爵令嬢。明日は空いているか？」

「え……？　はい。特に予定はありません」

「では、昼頃に『黄金《おうごん》の夜明《よあ》け亭《てい》』に来い。折り入って話がある」

「話ですか？　……私に？」

「そうだ」

私は首を傾げた。今日知り合ったばかりのメイナード公爵が、一体私になんの用だろう。

面倒ごとの気配がするから断りたいところだけれど……馬車で送ってもらったこともあるし、突っぱねるようことは言いにくい。

「……わかりました」

「快く了承してくれて助かる。では、いい夜を」

にこりと微笑んでメイナード公爵はそう告げた。端整な顔立ちと、低く落ち着いた声に、なるほど王都の令嬢がこぞって一目見たいと思うわけだと私は感心してしまった。

馬車が去っていくのを見送ってから、私は屋敷に戻った。

第三章

翌日。

私はメイナード公爵に指示された通り『黄金の夜明け亭』という宿にやってきていた。

『黄金の夜明け亭』は、貴族御用達の大宿だ。数台の馬車が停められていて、すべての車体に同じ紋章が刻まれていた。

（……この宿をメイナード公爵だけで貸し切りですか）

私が呆気にとられていると、目の前に貴族らしい身なりの青年がやってくる。私の来訪に備えて宿の前で待っていたようだ。灰色の髪は綺麗に整えられており、緑色の瞳からは深い知性が感じられる。

「ティナ・クローズ様ですね？」

「はい。あなたは？」

「私はウォルフ様の従者、イアン・ターナーと申します。本日はお越しいただき助かりました。バ閣下の……失礼、ウォルフ様のもとに案内いたします」

イアン、と名乗った青年が歩きだしたのでその背中を追う。

聞き間違いでなければこの青年、メイナード公爵のことを『バ閣下』と呼んだような……？

いやいやきっと聞き間違いだろう。うん。

彼のあとについて宿の一室へとやってくる。

部屋に入ると、ソファに腰かける黒髪の美青年の姿があった。

「来たか、ティナ・クローズ伯爵令嬢」

「ごきげんよう、メイナード公爵。……あんな言い方をされたら来ざるを得ないでしょう」

メイナード公爵に座るよう勧められたので、遠慮なく向かいに座る。

イアンさんは従者らしくメイナード公爵の後ろに立った。

「昨日は屋敷では大変だったのではないか？　チェルシー嬢と同じ住まいなのだろう」

「………思いださせないでください……」

私は頭痛をこらえながら呻《うめ》いた。

昨日の夜は大変だった。チェルシーが帰り際に両親になにか吹きこんだようで、私は両親から延々と説教を受けることになったのだ。

私がどれだけ説明しても両親は聞く耳を持たない。

どれほど自分が自分が家族に嫌われているかを実感する一件だった。

メイナード公爵はうんうんと頷いている。

「そうかそうか。屋敷でうまくいっていないのは大変だな」

「ええ、ほんとうに。叶うなら、家を出て自由に暮らしたいところです」

「ほう、それは奇遇だな！　では、そんなお前にいいものをやろう」

なにやら妙なことを言い、ぽん、とメイナード公爵がなにかを投げてくる。

それは小さな箱だった。

美しく繊細な装飾が施されている。

「……これは？」

「中に指輪が入っている。交差する二本の剣に月桂樹の冠——メイナード公爵家の家紋入りのな。我が一族では、婚約相手にそれを渡すことがならわしになっている」

「はあ。婚約相手に……!?」

言いかけて私はぎょっとした。なんだかこの人はとんでもないことを言っているような。

混乱する私に対して、メイナード公爵ははっきりと告げた。

「ティナ・クローズ——お前に婚約を申しこむ」

私は思わず素で尋ねた。

「……なんの冗談ですか？」

「いや、本気だ。まあいきなりこんなことを言っても理解できんだろうから、とりあえず経緯を説明しよう」

メイナード公爵が語ったのは次のようなことだった。

最近は帝国からの侵攻が激しく、そのたびにメイナード公爵が軍を率いて追い返している。

その中で、一つの懸念事項が持ち上がった。

それは後継者の不在である。

メイナード公爵は独身であり、血縁もいない。

このまま何度も戦争に繰りだすうちにもしメイナード公爵が戦死してしまったら、あとを継ぐ者がいないのだ。

「そのため部下にせっつかれて何度か見合いをしたのだが、これがさんざんな結果でな」

後継者問題を解決するため、メイナード公爵は伴侶選びをおこなった。

お見合い相手として、有力貴族の令嬢たちが次々と手を挙げた。

しかしその多くが、大変な浪費家ばかりだったという。

「公爵という地位を目当てにし、贅沢な暮らしを求めている者ばかりだった。確かに俺の領地は税収も多い。しかし、大半が軍隊の運営に充てられている。王族のような暮らしはさせてやれん。……それを知ると、癇癪《かんしゃく》を起こす者が多かった」

敵国が近いのだから、軍隊に資金を割くのは当然だろう。

「もちろん、それなりに裕福な暮らしはさせてやれる。だが限度というものがある」

「『自分の城を建てろ』とか、『世界一美しい庭を作れ』とか、本当に大変でしたね……」

メイナード公爵だけでなく、イアンさんまで遠い目をしている。

今までどれほど苦労したのだろう……。

「なるほど。私ならあまり浪費はしなそうだと思われたんですね」

「初対面のときの服装を見た限り、贅沢な暮らしに興味はなさそうだったからな」

「……あれは忘れてくださいと言ったはずですが」

半眼になって抗議するもメイナード公爵はどこ吹く風で話を続ける。

「仮にも公爵家の婚約者を探す以上、相手は一定の家柄であることが望ましい。そのうえで婚約者がおらず、まともな常識を備えている令嬢となると、なかなか条件に合う相手がいなくてな」

溜め息を吐くメイナード公爵。改めて言われてみると、私は思った以上に特殊な立ち位置にいるのかもしれない。伯爵家の次女が十六歳にもなって婚約者候補の一人もいないのだから。

「と、まあここまではどうでもいい部分だ。俺がお前を選んだ主たる理由は別にある」

メイナード公爵の切れ長の瞳がまっすぐに私をとらえた。

「お前は優れた剣士だ。帝国の暗殺者どもを叩きのめすほどだから相当だろう。だが、その腕前を私欲に使おうという気はまったくないように思える」

「それは……そうですね」

私の剣術は力に酔うために磨いたものではない。

メイナード公爵の言葉にイアンさんが「帝国の暗殺者を叩きのめした……?」と唖然としているけれど、ひとまず放置して先を促す。

「さらに昨日の夜会で、無関係の令嬢を守るため、避けられたはずのワインを避けなかった。お前は自分を盾に、他人を守ることをいとわない人間だ。つまりお前はただの剣士ではなく、『騎士』なのだ」

「……」

図星を突かれて黙りこむ私に、メイナード公爵はにやりと笑って言葉を続ける。

「そしてそれは俺も同じだ。俺も国を守る盾——国境沿いの領地を預かる身として、心に騎士道を抱いている。浪費家の令嬢より、よっぽど気が合いそうだ」

昨日、馬車の中で私がワインを避けなかった理由を話したとき、メイナード公爵は満足そうな笑みを浮かべていた。

あの理由が少しわかった。

おそらくメイナード公爵は、私の考えに共感したのだ。

「俺に対してフラットな態度なのもいい。公爵と見て媚びるわけでもなく、あの不本意なあだ名によって怯えるわけでもなくな」

……もしや昨日バルコニーで私を『子豚令嬢』と呼んだのは、それを確かめるためだろうか。

「私を随分高く買ってくれるのですね」

「本音を言っているだけだ。それで返事は？」

じっと目を見てメイナード公爵が尋ねてくる。

少なくともその表情は真剣そのものだった。

どうもこの人物は、本気で会ったばかりの私に婚約を申しこんでいるようだ。

私は少し考えて、首を横に振った。

「……申し訳ありませんが、この話は辞退させていただきたく思います」

「ふむ。理由は？」

私は正直に答えた。

「私は今後どうするかまだ決めていないのです。伯爵令嬢として生きるのか、家を出て冒険者や騎士を目指すのか。こんな半端な状態で婚約などできません」

結婚することそのものに憧れがないと言えば嘘になる。

なにしろ前世では女騎士として生涯現役、生涯独身だったのだ。同年代の女性が幸せな家庭を築く様子を見て、羨《うらや》ましいと思ったこともある。

とはいえ、今すぐ結婚したいというほどではない。

前世の記憶を思いだしてから日も浅いし、ゆっくり自分の将来について考えたいところだ。

「それになにより、私は剣術以外に大した取り柄もありません」

私は自嘲するように続ける。

「確かに剣の腕には自信があります。ですが、礼儀作法や社交の技術、領地経営に関する知識など、貴族に求められる能力が不足しています。私には公爵夫人などとても務まらないでしょう」

最低限の教育は受けたから貴族としての振る舞いはできるけれど、それも付け焼刃だ。なにしろ私は貴族学院を卒業すらできずに辞めている。そんな人間を妻に迎えては公爵が恥をかきかねない。

「メイナード公爵にはもっとふさわしい相手がいらっしゃるかと」

「……」

私が言うと、メイナード公爵は溜め息を吐いた。

「そうか。仕方ないな」

「案外簡単に納得してくださるんですね」

「断る理由がそれでは、俺からどうこうできそうにないからな」

どうやら婚約の申しこみを取り下げてくれるらしい。

思いのほか話がすんなり終わったことに私が拍子抜けしていると、メイナード公爵はにやりと笑った。

「では、この話は一旦やめだ。それとは別に一つ頼みがある」

「なんでしょうか」

「俺と手合わせしてくれないか？　お前はかなりの手練《てだ》れだろう。俺も剣術は好きだが、領地にはなかなか相手になるやつがいなくて退屈なんだ」

メイナード公爵は立ち上がり、部屋の隅から木剣を取って私に投げてくる。

私はそれを受け止めつつ首を傾げる。

「手合わせ、ですか」

「ああ。ちなみになにも賭けたりはしないから安心しろ。ただの模擬戦だ」

「……まあ、そのくらいなら」

「よし、決まりだ。では中庭に行くか」

メイナード公爵のあとについて中庭に出る。

模擬戦をする理由は釈然としないけれど、これでメイナード公爵の憂《う》さが晴れるならそれでもいい。

公爵家相手に禍根《かこん》を残すのもよくないだろうし。

ところで。

部屋を出る直前、メイナード公爵がなぜか笑みを深くしていたように見えたけど……気のせいだろうか？


木剣を構えてメイナード公爵と向かい合う。

審判役はイアンさんだ。

「先手は譲る。好きに打ちこんでこい」

メイナード公爵の構えには驚くほど隙がない。山道の一件でわかっていたことではあるけれど、やはりこの人物は強い。私は知らず知らずのうちに胸が高鳴るのを感じた。手練《てだ》れとの模擬戦は剣術を修めた人間なら誰でも好むものだ。

「――参ります！」

踏みこみ、木剣を横薙ぎに振るう。デイン山の魔物程度であればあっさり吹き飛ばしたであろう一撃を、メイナード公爵は苦もなく受けた。カァン！　と硬質な音が中庭に響く。

「素晴らしい。やはり『身体強化』を使えるのか」

「このくらいのことができなければ、山籠もりなどできませんから」

人間は誰しも無意識のうちに空気中の魔力を取りこんでいる。普通は少量なのでなんの影響もないけれど、一気に多くの魔力を吸収することで爆発的に身体能力を高めることができる。特別な才能が必要になる魔術とは異なり、こちらはコツさえ掴めば誰でも扱える。私の剣を軽々受け止められるということは、メイナード公爵も同様の技術を持っているのだろう。

「もう少し速くしても？」

「好きにしろ」

二度三度と私が打ちこみ、メイナード公爵がそれを受ける。ここまではお互いの腕を確かめるためのものだ。数度打ち合えば相手の実力はおおよそわかる。私とメイナード公爵はおそらくほぼ同時に確信した。——この相手には遠慮する必要はないと。

「ふっ！」

初めてメイナード公爵が前に出た。まっすぐ木剣を振り下ろしてくる。木剣の腹を叩くようにいなすものの、あまりの重さに対処しきれず、相手の剣先が私の二の腕をかすめた。

それを見てにやりと笑うメイナード公爵。

一方、私は内心で驚愕していた。

（……わずかとはいえ、私が傷を負わされるとは）

『王国の盾』と称された前世の私は、模擬戦で傷をもらうことなど滅多になかった。それだけこの人物が手練《てだ》れということである。

「ってウォルフ様！　あんたよその令嬢になに怪我《けが》させてんですか⁉」

「黙っていろイアン！　模擬戦の邪魔だ！」

「模擬戦以前に貴族としてのモラルの話ですこれは！　普通手加減するでしょうがこのバ閣下！」

審判役のイアンさんが絶叫し、メイナード公爵とそんなやり取りをしていた。

……この二人の関係は一体なんなんだろう。普通の主従なら公爵を『バ閣下』呼ばわりはしないはずだというのに。

一度前に出たメイナード公爵が手を緩めることはなかった。次々と繰りだされる重い打ちこみは濁流のようだ。体格でも、おそらくは身体強化に用いる魔力の量でも劣る私は、それらを慎重にさばいて凌《しの》ぐしかない。

でも、この容赦のなさが心地いい。

実力が拮抗する相手との手合わせなど、今世でも久しくなかったことだ。

とはいえ体力でかなうわけもないので、長引かせると不利だ。そろそろ勝負に出るべきだろう。

メイナード公爵が木剣を下から切り上げる。私はその軌道に自らの木剣を滑りこませ、接触した瞬間に思いきり跳んだ。相手の切り上げによる力が跳躍力に加えられ、私の体が軽々と浮き上がる。

私は天地を逆にしてメイナード公爵の頭上を飛び越え、彼の背後に降り立った。

間を置かず反転。

木剣をメイナード公爵の首筋に突きつける。

「俺の負けか」

「そうですね。……危ういところでしたが」

メイナード公爵の木剣は、私のすぐ近くまで迫っていた。私に背後を取られたと瞬時に理解して、すぐ振り向きざまに迎撃したのだ。おそらく半秒でも遅かったら負けていたのは私だったことだろう。

それでも今回は私の勝ちだ。

「くく、はははは っ！　さすがは俺の見初《みそ》めた女だ。まさかあんな曲芸を披露されるとは」

メイナード公爵は笑いながら木剣を落とし、負けを認めた。私は木剣を引いて一礼する。

「うわぁ、なんの冗談ですかこれ……ウォルフ様が剣で負けるとか……」

視界の端ではイアンさんが顔を引きつらせていた。

さて、模擬戦も終わったことだし、もう用は済んだはず。

「では私はこれで失礼します、公爵様」

「いや待て」

「まだなにか？」

振り返り、私はぎくりとした。メイナード公爵が笑っていたからだ。

「その腕、怪我《けが》をしているようだな？」

「なにを今さら。これはさっきの模擬戦で、公爵様がつけたのではないですか」

「そう、俺がつけた傷だ。――ああ、なんということだろう。不慮の事故とはいえ、嫁入り前の令嬢の体を傷つけてしまうとは」

「……は？」

唖然とする私にメイナード公爵はのたまった。

「お前を傷ものにした責任を取らねばなるまい。……よって改めて婚約を申しこもう、ティナ・クローズ伯爵令嬢。俺は生涯かけてお前を幸せにすると誓う」

「………は!?」

頭が追いつかない。

傷をつけたから責任をとって結婚？　いやまあ、字面だけ見たらわからなくはないけれど。

でも、たかが模擬戦で受けた傷くらいで……

私はハッとして目を見開いた。

「ま、まさか最初に私に傷を負わせて、一瞬笑ったのって……というか、この模擬戦そのものが最初からそのつもりで……？」

「心配するな。凄《すさ》まじくよく効く公爵家秘伝の塗り薬があるから、腕の傷は明日には綺麗さっぱり消えているはずだ」

「私はそんなことを気にしているのではありません！」

(いや、傷が残るかどうかも大事な点ではありますが！)

メイナード公爵は苦笑し、私の目をまっすぐ見た。

ルビーのような赤色の瞳がじっと私を見据える。

「だまし討ちのような真似をしたのは謝罪する。だが、俺はそのくらい本気でお前を気に入ったのだ。今までこれほど俺の興味を引いた女はいなかった。だからもう一度考えてくれ、ティナ。俺はお前がいい。どうか俺の婚約者になってくれ」

「……」

――思えば。

前世の私は尊敬されるか怖がられるばかりで、こんなふうに女性として望まれたことは一度もなかった。今世に至っては異性の友人すらいない有り様だ。

私は溜め息を吐き、メイナード公爵に言った。

「二つ、条件があります。それを呑んでくださるなら……その、私はあなたの申し出を受けます」

「本当か！」

メイナード公爵はぱっと表情を明るくする。

今までのひねくれた様子からはかけ離れた、素直な笑顔。

そんなふうに喜ばれると……悔しいことに、私も悪い気はしないのだった。


そこからは早かった。

メイナード公爵はその日のうちに我が家を訪れ、両親と話してあっさり私との婚約を認めさせた。

ついでに「お互いのことをもっと知る必要があるから」と、私をしばらくメイナード公爵家で預かることも。

一度同じ環境で暮らしてみて、相性を見る。

それで馬が合えば晴れて結婚、合わずとも円満に破談とし、その際は迷惑料としてクローズ家に多額の援助をおこなうという条件付きだ。

両親は大喜びだった。

当然だろう。二人にとって私は嫁ぎ先があるかもわからない不良債権だったのだ。

それが公爵の婚約者となれば言うことなしである。

どのくらい喜んだかというと、その夜にこんな話をされたほどだ。

父エドガーは私を書斎に呼びつけて言った。

「ティナ。公爵家の当主と婚約を結べるなど、とても光栄なことだ。愛想を尽かされぬよう誠心誠意お仕えするように」

「……クローズ家の名に恥じない振る舞いを心がけます」

「仮にメイナード公から婚約を破棄されたとしても、我が家では今後お前の面倒は見ない。言っておくがこれはお前のためだ。退路がないからこそ、お前も死に物狂いで努力できるはずだ」

真面目くさった顔で言っていたが、要するに、公爵家に向かったあとはお前のことはもう知らん、というわけである。

よほど私をこの屋敷に置いておきたくないらしい。

反論するのも面倒なので適当に頷いておいた。

……安心してください、お父様。

メイナード公爵との婚約がどうなろうと、この屋敷に戻ってくるつもりはありませんので。

それから数日が経ち、いよいよ出発の日がやってきた。

私が自室で過ごしていると、部屋の扉をノックしてサラが入ってくる。

「ティナお嬢様！　迎えの馬車が来ていますよ！」

「ええ、すぐに行くわ。……それよりサラ、ありがとう」

「え？　な、なにがですか？」

困惑したようなサラに、私は本心からこう言った。

「私と一緒に公爵領に来てくれることよ。あなたがいると心強いわ」

サラは公爵領に向かう私についてくることになっている。

慣れない場所に来るのだから、使用人を連れてきても構わない、とメイナード公爵に許可されたのだ。そのことを話したらサラは即答で「行きます！」と言ってくれたのである。

「当然のことですよ！　私はティナお嬢様の行くところならどこでもついていきます！」

「ふふ、頼りにしてるわ」

「はい！」

荷物はまとめてあるので、あとは私とサラが屋敷を出るだけだ。

部屋を出た途端、すぐのところに顔を合わせたくなかった二人がいた。

チェルシーとプラムである。

「……なにか用ですか？　チェルシー姉様、プラム」

「偉そうに言うんじゃないわよ、ブサイクな豚のくせに！」

「私はもう豚などと呼ばれるような外見ではありませんが」

私が言い返すとチェルシーはうぐ、と言葉に詰まる。

ああ、なんだか少し胸がすっとした。

痩《や》せた甲斐があったというものだ。

プラムはどうしていいかわからないというように視線を泳がせている。

チェルシーは勢いを取り戻して言った。

「だ、大体あんた、どうやってウォルフ様を懐柔したのよ!?」

「懐柔なんてしていませんよ。たまたま縁があっただけです」

「ふざけんじゃないわよ！　なんであんたなんかがウォルフ様と……！」

「……？」

なぜかチェルシーが悔しそうな顔をしている。

この反応は意外だ。この姉の性格なら、『八つ裂き公』なんてあだ名の人物に私が嫁がされたら、大爆笑してもおかしくないのに。

……なにか理由があるんだろうか？

まあ、今さらこの姉に用はない。

私はチェルシーを無視してプラムに話しかけた。

「プラム。最後に一つだけ言っておきましょう」

「な、なに？」

怯えた様子で聞き返してくるプラム。どうも以前『注意』をしたときのことがトラウマになっているらしい。

あれはプラムの自業自得だけれど。

とりあえず優しい声を心がける。

「あなたはチェルシー姉様の真似をしているようですが、そうする必要はありません。自分で考えて、正しいと思う行動をとりなさい」

「じ、自分で考える？　それに、正しい行動って……？」

「それも考えてみるといいでしょう」

プラムは私をいじめていたけれど、あれはチェルシーの真似をしていたからだ。

あれでも昔はもっと可愛らしい性格だったのである。

まだまだ幼いのでこれから人格は修正していけるはず。ぜひ頑張ってほしい。

……チェルシーみたいなのが二人、なんてことになったらクローズ家は大変なことになるだろうから。

そんなやり取りを最後に私は屋敷を出た。


屋敷の外では両親とメイナード公爵が談笑していた。

「来たか、ティナ」

「お待たせしました。これからお世話になります。公爵様——ではなく、ウォルフ様」

明らかに不機嫌顔になったので軌道修正。

仮にも婚約者なわけだし、これからはウォルフ様、と呼ばなくては。

「では出発するとしよう。ティナ、お前の馬車は俺と同じで……」

「ウォルフ様。申し訳ありませんが、先に馬車に乗っていていただけますか」

「なぜだ？」

「両親に別れの挨拶《あいさつ》をしたいので」

「……ふむ。好きにするといい」

ウォルフ様は深くは事情を聞かず、言った通りにしてくれた。

私が視線を向けると、両親は困惑したように口々に言う。

「な、なんだ？　早く行かないか、ティナ」

「そうですよ。公爵様に迷惑をかけるものではありません」

「……」

この両親は、ずっと昔から私のことを嫌っていた。

魔力を持たず、引っこみ思案だった私を『クローズ家の恥』と疎んでいた。

ティナが臆病な人格になった原因の一部は、この二人にある。

とはいえ、今日まで育ててもらったことは事実だ。

「お父様、お母様。今まで育てていただいてありがとうございました」

頭を下げる。

きっと今後社交の場で二人と話す機会があったとしても、それは家族としてのやり取りにはならないだろう。両親にとって私は愛すべき娘ではないからだ。

けれどこの挨拶《あいさつ》はどうしても必要だと思えた。愛情は向けられなくとも、今日まで育ててもらったことは事実だ。義理を果たすことで、私は心置きなく前を向くことができる。

言葉を失うエドガーとイザベラから視線を外し、私は馬車へと向かうのだった。

第四章

公爵家の馬車で移動していく。

馬車の中には私、メイナード公爵——ではなくウォルフ様の二人だけだ。

サラは使用人用の他の馬車に乗せてもらっている。

……サラ、うまく馴染めているといいのだけれど。

王都を出て街道を進んでいく途中、ふとウォルフ様が口を開いた。

「それで結局、条件とはなんだったのだ？」

「はい？」

「俺と婚約するときに条件が二つあると言っていただろう」

「ああ、あれですか」

そういえばまだ言っていなかった。

あのあと、すぐにウォルフ様がうちに来て両親の説得をすると言い始めたので、すっかり忘れてしまっていたのだ。

私が言うのもなんだけれど、普通最初に聞くものじゃないだろうか、こういうのって。

もったいぶるほどのことでもないので、言ってしまおう。

「一つは、この婚約を解消する権利をお互いが持つことです」

「……ほう？　婚約解消の権利だと？」

「前にも言いましたが、私はまだ結婚すると決めたわけではありませんし、そもそも自分が公爵夫人としてふさわしい人間だとも思っていません。この婚約に強制力を持たせるのは、お互いにとってよくないでしょう」

ウォルフ様とは会ってまだ日が浅い。

出会い方のインパクトが強かったから混乱しているだけで、実際に一緒に暮らしてみたら相性が悪かった、なんてこともありえる。

そうなったときに円満に別れるための布石である。

「公爵家との婚約を、『破棄するな』ではなく、『お互いに解消できる』約束とはな。普通の伯爵令嬢は言わんぞ、そんなこと」

肩を揺らして笑いながら言うウォルフ様。

まあ、家格の低い私のほうから言いだす内容じゃないのは事実だ。

とはいえそれを面白がっているこの人も、たいがい変わっていると思うけれど。

「もう一つは？」

「敵の捕虜の扱いについてです。噂によれば、ウォルフ様は敵を威圧するため帝国人の捕虜を八つ裂きにするそうですね。私がいる間、それはやめていただきます」

「……」

私が言った途端に、ウォルフ様が嫌そうな顔になった。

けれどこれは譲れない。騎士の精神を持つ者として、無力化された捕虜を惨殺するなんて論外だ。

私が本気を示すためにじっとウォルフ様を見据えていると——

「……あれは、デマだ」

「で、デマ？」

予想外の返答だ。

ウォルフ様は溜め息交じりに言った。

「敵国の捕虜を殺したことはない。対峙した敵なら容赦しないがな。八つ裂き云々《うんぬん》は、俺が破談にした元見合い相手の令嬢たちが広めている大嘘だ」

「そ、そうだったんですか？」

「嘘だと思うならあとでイアンにでも聞け」

『黄金の夜明け亭』で聞いた話だと、ウォルフ様は何度かお見合いをおこなったものの、それらはすべてうまくいかなかった。それを逆恨みして、元見合い相手の女性たちがウォルフ様の悪評を流しているというのは……ありそうな話ではある。

ウォルフ様は車窓に頬杖をつき、視線を窓の外に投げた。

「つまらん話だ。国のために身を挺《てい》して戦っているというのに、勝手に妙なあだ名をつけられ恐られる。もう少しマシな扱いでもいいと思うぞ、実際」

「……あの、もしかして怒りましたか？」

「まさか。そんなはずはないだろう」

「それならいいのですが……」

「ここ数日何度も話していたのに、いまだにそんな非道な人間だと思われていたのがすこぶる不本意だっただけだ」

「お、怒っているではないですか！　確かに噂を鵜呑《うの》みにしたのは私の落ち度ですが、噂の出所に心当たりがあるなら毅然とした対応をしておけばこんなことには――」

「……くっ」

不意に口元を押さえて肩を揺らすウォルフ様。

「……ウォルフ様。まさかと思いますが、からかっていますか？」

「さてな。まあ、どうしても気になるならイアンあたりに聞け」

「今さら疑ってはいませんよ……」

不本意なあだ名で呼ばれて気分を害したのかと思いきや、単に私をからかっていただけらしい。

掴みどころのない言動に頭が痛くなる。

そんなことを考えていると——馬車が急停止した。

何事だろうか。

私が馬車の外を見ると、なんと前方に大きなムカデのような魔物が現れているのが見えた。

（あれは……『ロックワーム』ですね）

ロックワームは振動を感知し、地中から獲物に襲いかかる肉食の魔物だ。

このままでは前方の馬車に乗っている人たちが危ない。

幸い山籠もりのときに使った剣を持ってきているので（父エドガーが餞別《せんべつ》だと言って持たせてくれた、おそらく体よく中古品の処分をさせたかっただけ）、立てかけてあったそれを持って馬車を飛びだす。

「「……ん？」」

そして隣を見ると、なぜかウォルフ様も同じように剣を持って外に出ていた。

「な、なぜウォルフ様まで！」

「お前と同じ理由だ。馬車での移動は退屈だから、魔物を狩って気分転換をしたくてな」

「私は前方の馬車に乗っている人を守ろうとしているだけです！」

そんな自分本位な理由で馬車を飛びだしたわけではない。

私とウォルフ様は同時に飛びだし、私がロックワームの胴を、ウォルフ様が甲殻を斬りつける。

全長五メートル以上はあろうかというロックワームは瞬く間に魔石に変わった。

「改めて見ると、お前の剣技は本当に見事だな」

「そちらこそ」

ぱん、と剣を持っていないほうの手を打ち合わせる私たち。考えていることは完全に読み切れなくとも、剣士として並び立てば喋らなくても意思疎通はできる。不思議といえばそうかもしれない。

そうこうしていると、ざっざっざっざ、と二人分の足音が近づいてくる。使用人用の馬車から出てきたサラとイアンさんだ。二人とも険しい顔をしている。

一体どうしたんだろう、と私が思っていると。


「――なにを公爵様とその婚約者様が魔物相手に前線を張っているんですかぁああ――!!」


「……はい、すみません」

あまりにも正論すぎて私は思わず視線を逸らした。

隣ではウォルフ様も似たような反応をしている。サラたちの言う通りだ。今の私は仮にもメイナード公爵家当主の婚約者。本来、率先して危険な立場を引き受けるべきではない。

「で、でもほら、私は剣が得意だし、緊急事態でもあったでしょう？」

「そういう問題ではありません！　ティナお嬢様に万が一のことがあったら、わたしはもう、もう……！」

ああ、サラが泣きだしてしまった。これは下手なお説教よりも心に刺さる……！

私がサラの頭を撫でてなだめていると、隣からこんな言葉が聞こえてきた。

「だいたいあなたはいつもいつも勝手に飛びだしていきますがそのときの部下の心情がわかりますか？　あなたに死なれたら部下たちは揃って能なしの烙印《らくいん》を押されトラウマを負う可能性すらあるんですよ、わかってんですかコラこっち向けこのバ閣下」

「…………………」

イアンさんが冷たい目でウォルフ様を責め続けていた。

私が言えたことじゃないけど、この二人の関係性は普通の主従とは少し異なる気がする。一体どんな関係なのか、そのうちきちんと聞いてみたいところだ。

その後も私とウォルフ様は、しばらく従者からのお叱りを受けることになったのだった。


……なんてことがありつつも、半月後には私たちは目的地に到着した。

「随分高い外壁ですね」

「敵対国が近いからな。それなりの防備が必要なんだ」

街の外観を眺めながら、私とウォルフ様はそんなことを話す。

高い市壁に守られたこの街は、『城塞都市イルギス』。

メイナード領屈指の大都市にして、私の滞在先である。

▽

「……もう朝ですか」

メイナード邸に着いた翌朝、与えられた私室のベッドで私は呟いた。

部屋はクローズ家の自室の倍以上はあろうかという広さだ。それに比例するようにベッドの質も素晴らしいものだった。長距離移動の疲れもあり、私はベッドに入るなり熟睡してしまったようだ。

のびをしてからベッドを下りる。

まだ早朝だ。朝食まで時間はあるだろう。

動きやすい服に着替えると、私は日課の素振りをするために剣を持って部屋を出た。

中庭らしき場所で素振りをする。

服装は王都を出る前に買った訓練着だ。今の体型に合っているのでとても動きやすい。

しばらく剣を振っていると、横合いから声をかけられた。

「朝から精が出るな、ティナ」

「ウォルフ様ですか。おはようございます」

「ああ、おはよう」

そこにいたのは黒髪の美青年、ウォルフ様である。

「旅の疲れは取れたか？」

「はい。もうすっかり。ウォルフ様も鍛錬ですか？」

「いや、お前の姿が見えたから声をかけに来たんだ。もともと部屋まで呼びに行くつもりだったからな」

「私をですか？」

私が首を傾げると、ウォルフ様は頷く。

「素振りはまだやるか？　なら済むまで待つが」

「では申し訳ありませんが、あと数分お待ちください」

「……自分で言っておいてなんだが、俺より素振りを優先する人間は初めて見た。本当にお前と話していると退屈しないな」

面白がるように言って、ウォルフ様は本当にその場で待っていてくれた。

……仕方ないのだ。素振りの回数はきちんと決めていて、それをこなさないと一日中妙な罪悪感に襲われてしまう。

残りの回数ぶんの素振りを素早く終えた私は、改めてウォルフ様に尋ねた。

「お待たせしました。それでウォルフ様、用件とは？」

「うむ。お前はこの屋敷に来たばかりだからな。いろいろ案内が必要かと思ってな」

「なるほど。それは助かります」

この屋敷は広いので案内してもらえるのはありがたい。このままでは道に迷ってしまいそうだったし。……それはいいとして、なぜこんな早朝に？

汗をかいた格好のままではさすがに抵抗があるので、ウォルフ様に断って一度部屋に着替えに戻る。屋敷から持ってきたドレスを着たあと、私はウォルフ様に連れられて屋敷の中を移動し始めた。

メイナード邸は広い敷地を高い塀に囲まれている。

見張りの塔も建てられ、兵士たちはそこから目を光らせている。

もはや屋敷というより城である。

「このお屋敷は随分守備がしっかりしていますね」

「帝国の領土が近いからな。領地に攻めこまれた場合、この屋敷の中でしばらく籠城できるようにしてあるんだ。菜園や果樹園もあるし、井戸は三つある」

ウォルフ様はそう解説してくれた。

どうりで広いと感じるわけだ。

「兵糧攻めに強いのは優秀ですね。しかも立地が街の端なので、危なくなれば街の外へと簡単に脱出できる……よく考えられていますね」

私が思わず感心していると、ウォルフ様はどこか得意げに言った。

「理解が早くてなによりだ。そう、この屋敷は砦《とりで》も兼ねられるよう考え抜かれたものなのだ。……それをあの令嬢たちは、『なんか地味』だの、『兵士が多くて暑苦しい』だのと……」

「ま、まあまあ」

だんだん目が虚《うつ》ろになってきたウォルフ様をとりなしておく。

正直、これは軍人がするような会話なので一般的ではないだろう。

少なくとも普通の貴族令嬢が興味を持つ内容じゃない。

私たちはそんな会話をしながら、屋敷の中を移動していくのだった。


「ティナお嬢様！　おはようございます！」

「おはよう、サラ。さっそく働いているのね」

「もちろんです！　連れてきてくださったティナお嬢様に、恥をかかせるわけにはいきませんから！」

メイド服姿のサラが鍋をかき混ぜながらやる気を見せる。

私とウォルフ様は屋敷の中ですれ違ったメイドに聞き、サラがいるというメイナード邸の厨房へとやってきた。仕事を教わっているというから様子を見にきてみたけれど……馴染んでいるどころかすでに戦力となってしっかり働いていた。

ウォルフ様が私の後ろからサラの仕事ぶりを覗く。

「ふむ、その大鍋は兵士の朝食用のシチューか。……いい手際だ。さすがティナが選んで連れてきただけのことはあるな」

「だ、旦那様に褒めていただけるなんて光栄です！」

「その仕事ぶりを見込んで頼みがある。サンドイッチかなにか、手軽に食べられるものを二人分用意してくれないか？　持ち運びしやすい状態がいい」

「かしこまりました！　少々お待ちください！」

サラは大鍋を近くのメイドに任せると、素早く厨房の奥に移動していく。

そして数分も経たないうちに籐《とう》編みのバスケットを運んできた。

「お待たせしました旦那様！」

「助かる。仕事の手を止めさせてすまなかったな」

「とんでもありません！」

バスケットを手に、私たちは厨房をあとにした。

「それでウォルフ様、サラに軽食を用意させてどうするんですか？」

「すぐにわかる。ではとりあえず案内を再開するか」

なぜかはぐらかされてしまった。

しかも、なにやらたくらんでいるような雰囲気が。

疑問を感じつつも、引き続き私はウォルフ様について敷地の中を歩くのだった。


その後も宿舎に厩舎、食堂、果樹園に菜園、図書室と、いろいろな場所を紹介してもらった。

そして最後に案内されたのは、なんと屋根の上だった。

「このバルコニーから屋根に飛び移ることができるんだ。お前ならついてこられるだろう、ティナ」

「待ってくださいウォルフ様。普通公爵様はこういう真似はしないものでは」

「細かいことは気にするな、では行くぞ」

「ちょっ……ウォルフ様！」

そう言うなりウォルフ様はバルコニーの手すりを足場に、斜め上の屋根に飛び移る。屋根の傾斜はそこまできつくないので、そこからは歩いて登ることができる。

……ただし命綱はない。

ここは四階なので、落ちたら絶対に無事では済まない。

ウォルフ様の身体能力ならそうそう落ちたりはしないと思うけれど、つくづく破天荒な人である。

イアンさんあたりが見たら卒倒しそうだ。

仕方ないので私も同じようにして、屋根の上に向かう。

ウォルフ様は満足げに頷いた。

「よし、ちゃんと来たな」

「……だんだんウォルフ様の性格がわかってきました」

「それはなによりだ。婚約者同士なわけだし、理解が深まるのはいいことだな」

「呆れて言っているんです、これは」

ウォルフ様は屋根の上に腰かけ、私にも隣を勧めてくる。

もう登ってしまったことだし、私もその場に座ることにした。

ウォルフ様は長い足を伸ばした。

「ここは俺の秘密の場所でな。気分を晴らしたいときはいつもここに来ていた。ここで朝食をとるのは気持ちがいい」

「ああ、それでサラに軽食を作らせていたんですね」

確かに屋根の上だけあって風が心地よく、眺めもよかった。

二人でバスケットの中に入っていたサンドイッチを食べる。

「……おお、美味いな」

「ふふ、うちのサラはできる子ですからね」

サラが用意してくれたサンドイッチは、わずかな時間で作ったとは思えないほどの出来栄えだった。ウォルフ様が感心の声を上げるのを聞いて思わず口元を緩ませてしまう。

うんうん。頼りにしているメイドが褒められるのは、自分のことのように嬉しい。

サンドイッチを食べ終わったあと、ウォルフ様は立ち上がる。

「さて、案内はだいたい終わりだ。だが最後に一つだけ紹介しておくものがある」

「なんですか？」

「あれだ」

ウォルフ様が指さしたのは敷地の中ではなく、その向こう。

イルギスの街の外にある高い山だった。

それまでとは打って変わって、ウォルフ様は静かな口調で説明してくれる。

「あの山の上には、『ラグド砦《とりで》』――かつてメイナード公爵領だった砦《とりで》がある。攻めづらく、守りやすい鉄壁の砦《とりで》だ。百年以上もあれが破られたことはなかった」

「……優秀な砦《とりで》だったのですね」

「ああ。だが、十二年前に帝国兵たちに突破されてしまった。以来、あの一帯は帝国に占領され、こちらを侵攻するための拠点として利用されている」

「……」

十二年前の事件について、私も伯爵令嬢として最低限の知識くらいはある。砦《とりで》を守っていた兵士たちはことごとく虐殺され、戦死者の中には当時のメイナード領主夫妻も含まれた。それによって当時わずか十歳の少年が領主の座を継がなくてはならなかった。

その少年こそが今のメイナード家当主……つまりウォルフ様だ。

「あの砦《とりで》を攻略し、領地を取り戻す。それが今の俺の目標だ」

きっぱりと、ウォルフ様は言い切った。

私は少し考えてから言った。

「簡単ではないと思います。一般に、砦《とりで》は高所にあるほど守りやすくなりますから」

高い場所にいれば敵の動きがわかる。弓も当然上から下に向けて撃ったほうが強い。矢の雨を潜り抜けてどうにか辿り着いた敵兵も、坂道を上ればへとへとだ。簡単に蹴散らすことができる。

ざっと挙げただけでこれだけ有利な点がある。高所の拠点を陥落させるのは本当に難しいのだ。

ウォルフ様は鋭い視線で私を射貫いた。

「……では、お前はやめろと言うわけか？」

「いえ。やるべきでしょう」

即答した私にウォルフ様は目を瞬かせた。

私は先を続ける。

「確かに攻略は大変でしょうが、砦《とりで》を取り戻せば帝国兵たちを押し返せます。向こうも今までのように、簡単にこちらを侵攻できなくなるでしょう。無理をしてでも実行する価値があります」

砦《とりで》を相手に奪われたままでは、向こうからの攻撃を受け続けることになる。

いくらメイナード領の軍が強くても、守ってばかりではいつかやられてしまう。

「なにより国境沿いのここは、いわば『王国の盾』。無遠慮に伸ばされた敵の手を振り払わない理由はないと思いますが？」

ウォルフ様は呆気にとられたように私の言葉を聞いていた。

けれどしばらくすると、愉快そうに肩を揺らし始める。

「……今の話、部下たちには猛反対されたんだがな」

「あ、いえ、あくまでこれは私の考えですので。……余計なことを言いましたか？」

前世がどうあれ、私はこの領地のことをなにも知らない。不必要な口出しをしてしまったかもしれない。そう思ってウォルフ様に尋ねると——なぜかわしわしと頭を撫でられた。

「ちょっ、な、なぜ頭を撫でるのですか」

「はは、やはり俺の目は曇っていなかった！　お前を婚約者に選んでよかったぞ！」

「はぁ……？」

ウォルフ様はひとしきり私の髪を崩すと満足したのか、手をどけた。表情はどこか晴れやかだ。

もしかして悩んでいたんだろうか。

「では戻るか。つまらん話に付き合わせて悪かったな」

「……それは構いませんが、次からは頭を撫でるのは控えていただけると」

「戻るときは足元には気をつけろよ、ティナ。この高さから落ちると大変だ」

「聞いてますか？」

私たちはそんなことを言い合いながら、屋敷の中へと戻るのだった。

……ちなみに屋根の上にいたことはバレていたらしく、あとでウォルフ様はイアンさんからお説教を食らっていた。

▽

メイナード邸に滞在し始めてしばらく、私は屋敷の中をひたすら動き回って間取りを覚えたり、鍛錬をしたりして過ごしていた。しかし数日もするとすることがなくなってくる。

「――というわけで、街に行ってみようと思います」

場所は執務室。

書類仕事をしているウォルフ様にそう声をかけると、怪訝そうな顔をされた。

「必要なものがあるなら、使用人に頼めばいいのではないか？」

「いえ、ただの見物です。ずっとこのお屋敷に籠もっているのもなんなので」

「ふむ、一理あるな。では少し待っていろ」

「はい？」

私が尋ね返すとウォルフ様はこともなげに言った。

「慣れない街に一人で行くのは不安だろう。俺が街を案内してやる」

「お言葉はありがたいですが、ウォルフ様はお仕事が忙しいのでは？」

執務机には書類が山のように積まれている。ウォルフ様がパーティーに出席するため、王都に行っている間に溜まっていた仕事だ。ここ数日はイアンさんが見かけるたびに疲れ切った顔をしているので、おそらく相当な量なんだろう。

私の面倒を見ている暇なんて今のウォルフ様にはないはずだ。

そんな私の内心を読み取ったのか、ウォルフ様はにこりと爽やかな笑みを浮かべた。

「婚約者をもてなすのは当然のことだろう？」

「なるほど。それは大変ありがたい心遣いです」

私はうんうん頷き、こう尋ねた。

「……それで本音はどのような？」

「面倒な書類仕事をイアンに押しつけるいい理由ができて大変喜ばしい」

「あとでイアンさんに伝えておきますね」

「馬鹿、よせ！　あいつは一度怒るとなだめるのが大変なんだ！」

慌てて止めにかかってくるウォルフ様。

そんな反応をするなら言わなければいいものを。

「まあ、冗談だがな。イアンに仕事を押し付けずとも、もう少しで区切りだ。それが終われば街を案内する時間くらい作れる。というわけで少し待っていろ、ティナ」

そう言ってウォルフ様は仕事を再開する。

……最初からそう言ってくれればいいのに。

断る理由も特にないし、案内してくれるならありがたいので、私は大人しくウォルフ様を見守るのだった。


ウォルフ様の仕事がひと段落したところで、私たちは屋敷を出て、街を観光する。

イルギスは領内最大の街だけあって、多くの人で賑わっていた。

中には王都で見られなかった、いかつい男たちも何人か見かけた。

魔物退治や危険地帯での採集、護衛など幅広い仕事を請け負う彼らは『冒険者』という職業の人たちだ。騎士たちによって周辺の魔物を狩られてしまう王都と違い、この街ではそういった仕事も多いようだ。

そんな感じで物珍しそうに観察していると、隣から声をかけられる。

「さて、ティナ。なにか見たいものはあるか？」

「特に決めていませんが、市場なんかは活気があって面白そうですね」

「そうか。では次はそちらに向かおう」

「……それはありがたいのですが、一つ聞いてよろしいですか？」

「なんだ？」

私はちらりとウォルフ様を見た。

「……なぜだて眼鏡《めがね》を？」

そう、彼はなぜか眼鏡《めがね》をかけていた。

今までかけているのを見たことはないから、本当に目が悪いわけではないだろう。

「まあ、変装のようなものだ。普段の格好で街を出歩くと騒がれるからな」

「なるほど」

まあ、落ち着いて街を見るためには、領主だと気付かれないほうがいいだろう。

もしかしたら私に気を遣ってくれたのかもしれない。

ちなみにウォルフ様の眼鏡《めがね》姿は意外と似合っていた。もとの顔がいいので、なんでも似合うらしい。

「む、旅芸人か」

通りかかった広場には人だかりができている。

人々の隙間から覗き見ると、どうやら大道芸を披露する一座が来ているようだ。

盛り上がっている雰囲気はあるけれど……さすがに人が多すぎてよく見えない。

「ウォルフ様は見えますか？」

「背は高いほうだからな。お前は見えるか？」

「残念ながらほとんど見えません。踏み台でもあればいいのですが……」

私の身長では遠くの大道芸人を見ることができない。

「ふむ。では見えるようにしてやろう」

「え？　――きゃあっ！」

なんということだろう。ウォルフ様はいきなり私を両手で抱え上げた。

まるで子供のような扱いだ。

おまけに私が声を上げてしまったせいで周囲から注目されてしまい、大変恥ずかしい思いをする羽目になる。

「お、下ろしてください！」

「なんだ、気に入らないか？　せっかく大道芸人たちが見えるようにしてやったのに」

「こんなやり方は望んでいません！」

ウォルフ様は完全に遊んでいる。

とはいえまさか、こんな衆目の前で強引に振り払うわけにはいかない。うっかりウォルフ様だとバレて、『公爵様が女ともめていた』なんて噂が立ったら面倒だ。

困り果てた私は、最終的にこう口走った。

「い、いい加減にしないと怒りますよ！　ウォル……ではなく、バ閣……でもなく、その、馬鹿者！」

「……」

波風立てない範囲での最大限の抵抗である。

私の言葉を聞いたウォルフ様は、ぽかんとしたあと――こらえ切れなかったように噴きだした。

「くくっ、ははははっ！　そ、そんな真っ赤な顔で……お、怒るときたか……ふふっ……」

「ああもう、なぜこれで笑いだすのですか！」

私は緩んだウォルフ様の手を抜けて着地した。

それから本当にお説教をするぞと意気ごむものの、周囲からは妙に生暖かい視線を向けられてしまう。まるで子犬同士のじゃれあいでも見ているかのような目だ。

いたたまれなくなったので、ウォルフ様を連れてその場をすぐに離れる。

その間ウォルフ様はずっと笑い続けていた。

本当に、なにがそんなにツボだったのかまったく理解できない……！


「広場ではなかなか面白いものが見られたな」

「……私はそれが大道芸人を指しているとは思えないのですが」

「細かいことは気にするな」

広場を出た私たちは、市場を見て回っていた。

王都では見られなかった商品がたくさん並んでいるので、見ていて楽しい。

昼食はウォルフ様の提案で、屋台でとることにした。

領主様が平民に交ざって路上で食事をするというのは奇妙な気もしたけれど、ウォルフ様はまったく気にしていなかった。

……さては頻繁に屋敷を抜けだして買い食いしていましたね。

「さて、では次は少しくらい甲斐性を見せておくとするか。広場での詫びも兼ねてな」

昼食のあと、ウォルフ様がそんなことを言いだした。

「？　どういう意味です？」

「北通りの仕立屋に行こう。お前、普段着の数が少ないだろう。この機会に買い足しておけ」

「……バレていましたか」

少し気まずい思いで私は視線を逸らした。

確かに私は手持ちの服の数が少ない。

もともと両親に虐げられていて服をほとんど買ってもらえず、さらに急激に体型が変わったため、持っていた数少ない服まで大半が着られなくなってしまったのだ。本当なら夜会のあとに買い足しておくはずだったんだけれど……そのあとすぐウォルフ様との婚約することになったので、すっかり買いそびれていた。

「服が足りず婚約者を困らせるようでは、公爵家の名が廃《すた》るからな。では行くぞ」

ここで遠慮するほうが失礼になるだろうから、ありがたく厚意に甘えさせてもらうことに。

そんなわけで、私たちは仕立屋に向かうことになった。


ウォルフ様が向かったのは、雰囲気のある貴族御用達の大きな仕立屋だった。

着飾った綺麗な女性が出迎えてくれる。

「あら、公爵様じゃありませんか！　ようこそおいでくださいました！」

「ああ。今日はよろしく頼むぞ」

だて眼鏡《めがね》をしているウォルフ様にもあっさり気付いていたし、どうやらこの店の主人はウォルフ様と顔見知りのようだ。

「本日はどのような服をお求めですか？」

「このティナに似合う服を探しに来た。普段使いできるようなものがいい」

「かしこまりました。お嬢様、お好きな色やデザインはございますか？」

女性店主が私に視線を向けてくる。好きな色やデザインと言われても……

とりあえず店内を見て回り、動きやすそうなものをいくつか手に取る。ここではオーダーメイド以外にも、急に入用になった人のためか既製服も取り扱っているようだ。種類も多いため、ある程度は自分で条件を設ける必要があるだろう。

……まず、いざというときに剣を振れないのは落ち着かない。また、色も特にこだわりはないのでシンプルなもので問題なし。

「このあたりでしょうか」

「生地が軽く丈夫で、剣を振るうのに適しているな」

さすがはウォルフ様。同じ剣を扱う者だけあって理解が早い。

一方、女性店主は唖然としていた。

「お、お嬢様……それに公爵様まで……それは男性用の服ですよ⁉」

「確かにサイズは私には少し大きいかもしれませんね」

「そういう問題ではありません！」

女性店主がすごい剣幕で詰め寄ってきた。

「いいですかお嬢様！　お嬢様のこの鮮やかな赤い髪に透き通る青い瞳！　きめ細やかな肌にしなやかな体のライン！　こんな素晴らしい素材を持ちながら、男性用の服を着るなんてとんでもない！　もっと似合うものがいくらでもありますわ！」

「は、はあ。褒めていただけるのは恐縮ですが……」

「仕方ありません、ここは私が選ばせていただきましょう！　公爵様、しばしお待ちくださいませ！」

女性店主はそう断ると、有無を言わさず私を試着室に引っ張りこんだ。

「……店主さん、本当にこれでいいのですか？　なんだかこう、違和感があるのですが……」

「それで完璧です！　自信を持ってくださいませ！」

「は、はあ……」

数十分後、私は女性店主が選んだ服を身に着けていた。

薄手のシンプルなドレスにシースルーのショールを合わせた服装だ。品よくまとまりつつも華やかな印象を受ける。服だけでよかったのに、なぜか髪までばっちり編みこまれていた。別に似合わないとまでは思わないけれど……こう、動きやすい格好ばかりしていた前世の記憶のせいで、なんだか落ち着かない気分になってしまう。

いつまでも試着室に籠もっているわけにもいかないので、覚悟を決めて出ることにする。

「やっと出てきたか。随分時間がかかって――」

店内で布を見ていたウォルフ様がこちらを振り返る。

そして途中で言葉を切って目を瞬かせた。

「ど、どうですか……？」

「……」

「……」

「ウォルフ様、なにか言ってください」

似合わないなら似合わないと率直に言ってほしい。服のよしあしなど、私には正直よくわからない。前世でも今世でも着飾った経験がほとんどないので、黙りこまれるといたたまれない気持ちになる。情けなく視線を下に落としていると、ウォルフ様の靴が視界に映りこんだ。

近付いてきたウォルフ様は私の頬に片手を当てると、自然な仕草で上を向かせた。赤い瞳がはっとするほど近くで私を凝視する。

「下を向かれるとよく見えないだろう」

「……すみません」

「どうしてそう不安そうにする？　こんなに似合っているのに」

「っ」

心底不思議そうにウォルフ様が言った。お世辞《せじ》を言っている様子は微塵もない。褒められるのに不慣れな私は簡単に心臓を跳ねさせた。よくもまあ、そんな歯の浮きそうなことを平然と……！

「そ、それにしては最初言葉に詰まっていたように思いますが」

「普段と印象が違ったから驚いただけだ。他意はない」

「そう、ですか……」

嘘ではなさそうだ。どうしていいかわからず私は視線を泳がせた。こうも真正面から褒められると、なんとなくウォルフ様と目を合わせにくい。

私が落ち着かない気持ちでいると、斜め上から面白がるような声が聞こえた。

「お前は本当に不思議な女だな。剣を持つと凛としているのに、容姿を褒められると簡単にうろたえる。少し褒められるのに慣れたほうがいいのではないか？　屋敷に戻ったらお前の魅力を一つずつ伝えてやろうか」

視線を向けるとウォルフ様の口角が上がっている。これは完全にからかっている顔だ。

私は無言のままつま先をウォルフ様のすねに叩きこんだ。ウォルフ様は余裕のある表情を維持しながらも一瞬だけ顔が引きつる。

「すみませんウォルフ様。慣れない靴で足が滑ってしまって」

「お前……まあいい、それより続きだ。一着では足りないだろう」

「まだ続くのですね……」

私はすでに少々疲れていたけれど、対照的にウォルフ様はどこか楽しそうだった。その後しばらく時間をかけて私は服を買い揃えることになった。

▼

「……？　今日は王城がにぎやかですわね」

「弟が帰ってきたからね。ねぎらいの宴の準備をしているところさ」

ユーグリア王国王城の中庭。

赤髪の伯爵令嬢チェルシーと、ユーグリア王国王太子のロイドはそんな会話を交わしていた。

チェルシーは記憶を探る。

確かロイドの弟というと……

「まあ、デール殿下がお戻りになったのですね」

「うん。最近は南部の開拓指揮を執っていたようだけれど、それが一段落したらしいから」

「開拓？　南部は港が整備されていたように思いますが」

チェルシーはさらに記憶を脳の奥から引っ張りだす。

本来ならドレスと宝石のことしか興味がない彼女だが、王太子であるロイドに近づくため嫌々勉強もしており、最低限の国内地図は頭に入っていた。

チェルシーの疑問にロイドは頷く。

「南部の交易は船に頼っていた。けれど隣国との距離が近いから、デールは付近の島を経由する大きな橋をかけることにしたんだよ！」

「は、橋ですか？」

「そう。橋があれば交易はさらにやりやすくなる。馬車が通れるようになるからね。隣国との折衝、経由地点に住む島民たちの説得、技術者の誘致。それらをあっという間にデールがこなしてくれたんだ」

弟の手柄を心から嬉しそうに語るロイド。

血を分けた弟が賞賛されるのは、彼にとって自分のことのように嬉しい出来事なのだ。

（デール殿下ねえ……）

一方チェルシーは相槌を打ちながらも、内心では微妙な顔をしていた。

デールはロイドやチェルシーより四つ年下だが、頭脳明晰だったために特例で十三歳から貴族学院に入学しており、チェルシーたちの後輩にあたる。チェルシーは彼が苦手だった。整った顔にいつも笑みを浮かべており、学院でもすごい人気者だったけれど、どうもなにを考えているのかわからない人物だったからだ。こちらの考えを見透かしてくるような不気味さがデールにはある。

（ロイド様もそんなに好みじゃないけど、デール殿下はもっとないわ）

チェルシーはデールに関する話題に興味がなくなったので、適当に切り上げることにした。

「ところでロイド様。きょうだいの話題で思いだしたのですが、最近、私の妹が婚約を申しこまれたのです」

「ああ、聞いているよ。確かウォルフだったね。パーティーでも少し話していたようだったし、どこかで接点があったのかもしれないね」

チェルシーは最大限自分が可愛らしく映るように表情を作る。

「メイナード公爵領に向かうティナはとても幸せそうで……私は少し不安に思ってしまったのです。ああ、私は妹のように誰かに愛してもらえるのかと」

これも大嘘で、チェルシーはティナが結婚できるなんてまったく思っていない。

あんな生意気な妹、すぐに婚約を破棄されて送り返されるに決まっている。そして情けなく戻ってきた惨めな妹を、嘲笑するのだ。

そんなチェルシーの内心を知らないロイドは、覚悟を決めたように告げた。

「不安にさせてすまない、チェルシー。僕はきみだけを愛しているよ、この先もずっと」

「ロイド様……」

「僕と婚約してほしい。必ず幸せにするから」

「はい。喜んで」

チェルシーは内心でガッツポーズを決めていた。

（あっはははは！　ついにやったわ！　あたしが王太子妃！　未来の国母！　ティナごとき鼻で笑ってやるわよ！　あはははははははははっ！）

心の中で高笑いするチェルシー。

もちろんそんな彼女の心中にも、人のいいロイドは気付いていないのだった。

第五章

「ふむふむ。魔物被害も多い、ですか……メイナード公爵領の敵は帝国兵だけではないのですね」

分厚い資料を読みながら私はそう呟いた。

メイナード邸の地下には書庫がある。

とはいえ、物語のようなものが置いてあるわけじゃない。ここにあるのはメイナード公爵領に関する資料だ。地理、歴史、特産物、周辺の領主についてなどなど、領地にまつわるいろいろな情報が集められている。その書庫で、こうしてメイナード公爵領の資料を漁るのが最近の日課である。

なにしろ私にはすることがないのだ。

サラはすっかり使用人としてこの屋敷に馴染んでいる。一方私は客人扱い。当然任される仕事もなく、このままでは私はただの居候《いそうろう》になってしまう。

そんなわけで、婚約者としてなにをすべきか考えた結果、こうしてメイナード公爵領について学んでいるわけだ。

いざ結婚することになったとき、妻が領地についてなにも知らないのはまずいだろう。

……まだ結婚すると決まったわけではないけれど。

ウォルフ様との関係は良好だ。

この間は一緒に遠乗りに出かけて——山岳地帯での模擬戦をおこなった。

うん、あれはなかなか有意義な時間だった。

今世で話した男性の中でも、ウォルフ様とは圧倒的に気が合う。彼と話すのはとても楽しい。

けれど、それが恋愛感情なのかというと微妙である。

前世では私は生涯独身だった。

せめて今世では、自分の愛する人と結婚してみたいものだ。

貴族令嬢として失格かもしれないけれど……まあ、クローズ家でのこれまでの扱いを考えれば自由に生きてもいいような気もする。

（とはいえ、今の立場を考えればこれくらいはするべきでしょう）

今日も今日とて、私はメイナード公爵領のことを勉強しているのだった。

「ここにいたか、ティナ」

「ウォルフ様。どうかなさいましたか？」

書庫に籠もっていると、ウォルフ様がやってきた。

見目麗しい彼が存在するだけで、薄暗い地下書庫が一気に華やいだような気すらする。相変わらず反則的な美貌である。

ウォルフ様は私に一枚の紙を差しだしてくる。

「メイナード家宛てに招待状が届いた。読んでみろ。お前にも関係があることだ」

「招待状……？」

渡されたものを受け取って読んでみる。

差出人はユーグリア王家。

なんと、チェルシーとロイド殿下の婚約披露のためのパーティーがおこなわれるらしい。

(……ロイド殿下と親しいのは知っていましたが、本当に婚約してしまうとは)

私は呆気にとられてしまった。

まさかあの姉が王太子妃――次の王妃の椅子に手をかけるなんて。

一応この国は原則的には実力主義なので、今後他の王族が王太子の立場を手に入れる可能性もある。とはいえそれは名目のようなもので、実際にはそのまま第一王子が王位を継ぐのがこの国の慣例だ。

このままいけば次の国王はロイド殿下。

つまり、次期国母はチェルシーでほぼ確定。

……大丈夫だろうか、この国は。

「お前、そのパーティーに行きたいか？」

「……………………姉の晴れ姿ですから、それはもちろん」

「その間がすべてを物語っていると思うがな」

もちろん行きたくはない。行きたくないけれど、行かねばならない。なにしろ肉親が王家と婚約を結ぶのだ。このパーティーに不参加では常識知らずと言われても仕方ない。

「一応言っておくが、俺は行かんぞ」

「え？」

「帝国兵たちがいつ攻めてくるかわからんからな。基本的に王都での催しは、王都の別邸を管理する部下に出席させているんだ」

「前回の王城でのパーティーには参加なさっていたではありませんか」

「あれは例外だ。……さすがに国王陛下じきじきに勲章を授けると言われれば、断れん」

ウォルフ様は不本意そうに言った。

どうやら私と遭遇したパーティーは特別だったらしい。

「そういうわけだから、お前も参加する必要はないぞ。『メイナード家当主を支えるため』婚約者が領地を離れられんというのは筋が通った話だ」

頷きながらそう言うウォルフ様。

そういう方便が使えるぞ、と教えてくれているらしい。

さてどうしよう。

まあ、行きたくないという私の気持ちはともかく、王都まで行くとなればメイナード家から使用人を借りることになってしまうだろう。お金もかかる。

そしてそれを負担するのは私ではなくウォルフ様なのだ。

結婚式ならともかく、今回は婚約披露パーティーなわけだし……

「……では、お言葉に甘えて今回は代理の方にお任せします」

「そうしておけ」

そういうことになった。

「お気遣いありがとうございます、ウォルフ様」

「気にするな。お前と一か月も模擬戦ができなくなるのもつまらんしな」

「ふふ、いつでもお相手しますよ。欲を言えばもう少し本気で相手をしてほしいものですが」

私が少し期待を込めて言うとウォルフ様は肩をすくめた。

「さて、なんのことかな。俺はいつもまじめにやっているが」

朝の素振りのあと、ウォルフ様とはたびたび模擬戦をおこなっている。

試合の勝ち星はかなり私に偏っている。とはいえ、それが実力をそのまま表しているかというと怪しい。なにせ『黄金の夜明け亭』での一戦以降、ウォルフ様は明らかに力を加減している。私に怪我《けが》をさせないよう気を遣っているのだろう。

前世の経験があるぶん技量では私に分があるので、試合形式では自然と私の勝率が高くなってしまう。一度くらいは本気のウォルフ様と手合わせしたいものだ……なんて考えているあたり、まるで剣術のライバル関係のようだ。どこまでいっても婚約者らしい雰囲気にはならない私たちである。

「さて、俺はこれから出かけるが……お前も来るか、ティナ」

「どこへ行くのですか？」

「軍の様子を見に行く。帝国を迎撃するための戦力を確認するのも、領主の務めだからな」

「行きます！」

即答した。

この時代の軍人たちはどのような訓練をしているのだろうか。私の知らない武器や戦術が発明されたりするのだろうか。ぜひ見学したいところだ。

「……お前は本当に期待を裏切らんな。では行くか」

「はい！」

なぜか苦笑しているウォルフ様に、私は大きく頷くのだった。


「ようこそいらっしゃいました、メイナード公爵閣下！」

「久しぶりだな、リック少将。先の戦では世話になった」

城塞都市イルギスから東に馬車で二時間ほど。王国軍の軍事基地に到着した私とウォルフ様を、数人の部下を従えた壮年の男性が出迎えた。

リック・クェンビー少将。

帝国に対する国防の実質的な最高責任者である。

「閣下、こちらの女性はどなたですかな？」

「彼女はティナ・クローズ。先日王都に行った際に出会った、俺の婚約者だ」

「なんと！」

目を見開くクェンビー少将。婚約者と言っても暫定ですが、という言わなくてよさそうな言葉を飲み込んでカーテシーをする。

「お初にお目にかかります、リック・クェンビー様。ティナ・クローズと申します」

「これはご丁寧に。閣下の婚約者様というなら、ぜひ儂《わし》のことは気安くリックとお呼びください」

「では、リック少将と。私のこともティナとお呼びください」

「承知しました。では閣下にティナ殿、中へどうぞ！　僭越《せんえつ》なら儂《わし》がご案内いたします」

どうやら少将自ら案内をしてくれるようだ。

ウォルフ様のあとに続き、私はわくわくしながら基地内へと足を踏み入れた。


今さらながら、前世の私——シルディア・ガードナーは今から約百年前の人間だ。

メイナード邸の書庫にあった本によるとそうらしい。

百年。

百年である。

ティナとして生きた記憶があるから馴染めているものの、日常生活は当時とは比べ物にならないほど便利になっている。それだけ時代が進歩しているのだ。

そんなわけで、私は軍隊にも相当な変化があると思っていたのだけれど——

（……案外、代わり映えがしませんね）

兵士たちがおこなっているものといえば、格闘訓練に行軍の練習。

マラソンによる体力鍛成。

接近戦なら剣。遠距離戦なら弓矢と魔術。

突撃してくる騎兵に対して防御をおこなう際には、槍と盾を構えて陣形を組む。

うん、本当に百年前とほとんど変わっていない。

理由が気になってそれとなくウォルフ様やリック少将に尋ねてみると、

「そもそもここ数十年、王国は大きな戦争はしていないからな」

「さようですな。東の帝国は例外ですが、おおむね平和な世の中になりました。戦がなければ、兵器開発をおこなう必要性も薄れます」

……とのこと。

百年前は戦乱の世の中で、軍備拡充が国の最優先事項だった。

しかし今は違うのだ。少しだけ残念な気はするけれど、それは不謹慎というものだろう。

とはいえ、戦場が百年前からまったく進歩していないというわけではなかった。

基地内を移動する途中、私は見慣れないものを発見した。

それは一見すると巨大な筒のようだ。

その後方に一人の兵士が立ち、上官の指示に従って操作をおこなう。

「魔石砲、撃てぇーッ！」

続いて、どっがあああん、という派手な音が響いた。

その巨大な筒から飛びでた黒い塊が凄《すさ》まじい速度で飛び、前方の的を粉々に砕く。私は思わずリック少将に尋ねる。

「り、リック少将！　あれはなんですか⁉」

「ああ、あれは魔石砲です。魔物を倒すと魔石が出るでしょう？　魔石を特殊な発火剤に加工し、それが爆ぜる勢いを使って砲弾を飛ばすのです」

「そ、そんなものが生まれていたんですか……⁉」

驚愕だ。遠距離用の武器といえば弓や投石器ではないのか。

あんな威力の兵器は見たことがない。

「まあ、あまり量産できるものでもないがな。なにせ一発撃つのにも大量の魔石が必要になる。大型の魔物の飼育・繁殖方法が確立されれば話は変わってくるが、今のところ前例はない」

ウォルフ様がそう補足してくれる。

あの魔石砲の燃料は魔石らしいけれど、魔石は魔物一体につき一つしか取れない。

ただでさえ凶暴な魔物を管理するのは大変なのに、魔石砲には大量の魔石が必要。

それは確かに簡単には使えなそうだ。

さらにリック少将は倉庫のような場所に私たちを案内した。先ほどの魔石砲や、訓練用の木剣や弓矢。そんなものに交ざってひときわ異様なものがそこにはあった。

「これは魔石動力型ゴーレムといいます。魔石砲と同じく、魔石を用いて動く岩人形のようなものです」

「魔石動力型ゴーレム……」

それは高さ三メートルほどの、確かに岩の人形というべきものだった。人型だけれどずんぐりしており、地面につきそうなほど手が長い。ゴーレムといえば魔物の一種だけれど、こちらは明らかに人工的なものだ。

「これは頑丈ですし、盾持ちの兵士と違って痛みも恐れもありません。さらに自分で動くため、盾と違って抱えて運ぶ必要もない。これが量産されれば、魔石砲に対して有効な防御となるはずです」

「……なるほど。確かにその通りですね」

自ら動く質量の塊。それがどんなに戦場でありがたい存在かは想像できる。

これも当然、百年前には存在しなかったものだ。

「ティナ。お前ならこのゴーレムをどう使う？」

ウォルフ様が私にそう尋ねるのを聞き、リック少将が苦笑を浮かべた。

「いやいや閣下、軍人でもない女性にそこまで尋ねるのは――」

「まず、先ほどリック少将が言ったように盾代わりにする方法があります。他にも馬の代わりに兵糧や武器を運ばせたり、攻城戦においてもっとも危険な『はしごをかける』作業を任せたりできそうですね。兵士や馬と違ってパーツさえあれば壊れても修理できるのも強みでしょう。他には……」

その他いくつか私が言うのを聞いて、リック少将は目を丸くしていた。

「……公爵閣下。ティナ殿は高名な騎士のご令嬢かなにかで？」

「いいや、普通の伯爵家の次女だ。面白いだろう？」

なにやらウォルフ様とリック少将がひそひそと話している。

……一人で盛り上がりすぎてしまっただろうか。しかし今は見逃してほしい。やはり戦場に関する話題にはどうしても興味を引かれてしまうのだ。

「しかし、これも先ほどの魔石砲と同じく量産は難しいのでは？」

私は首を傾げた。

魔石を動力としているなら、結局魔石砲と同じ問題が立ちふさがる気がする。

「その通りですな。ですが、現在この開発元であるマクファーレン公爵家が改良をおこなっているのです。それがうまくいけば、他の動力と組み合わせることで魔石の消費を抑えられるのだとか」

「マクファーレン公爵家が？」

「おや、お知り合いでも？」

「ええ、まあ……そうですね」

マクファーレンといえばミランダ様の家名だ。魔道具開発を積極的におこなっているという話はミランダ様から聞いたことがあるけれど、兵器開発にまで関わっているとは。活動の幅が広い。

「最後はこちらの修練場です。ここでは魔術兵たちが訓練をおこなっております」

リック少将が足を止めたのは奥行きのある修練場だった。ローブをまとった兵士たちが杖を手に魔術の訓練をおこなっている。彼らが魔術兵——魔術に秀でた兵士のようだ。魔術は才能がなければ扱えないこともあり、人数は多くない。

「【氷槍《アイシクル》】！」

訓練中の魔術兵の一人が魔術を放った。氷柱の槍が杖の先に生まれ、前方の的目がけて飛んでいく。狙いが甘かったようで、氷柱の槍は残念ながら的の端をかすめただけに終わってしまう。

「アニー・ハリス二等兵！　魔力の制御がぬるいぞ！　何度同じことを言わせるつもりだ！」

「申し訳ありません！　もう一度お願いします！」

氷柱の槍を放ったのは十七、八歳くらいの女性兵士だった。若い女性兵士というのは珍しい気がする。きびきびとした印象でいかにも軍人らしい。

「……」

「どうかしたか？」

少し考えを巡らせていた私にウォルフ様が気づく。私は首を横に振った。

「いいえ、なんでもありません」

「なにか考え事をしているように見えたが」

「考え事というほどでも……それよりウォルフ様、質問が。ここでは身体強化を用いた訓練はおこなわれないのですか？」

私が聞くと、ウォルフ様とリック少将の二人がきょとんとした顔をした。

「……あの、お二人とも。私はなにか変なことを言いましたか？」

「変もなにも……身体強化など、普通の兵士が使えるわけがないだろう」

「閣下のおっしゃる通りです。身体強化は魔力を体に取りこみ、内側から強化する絶技。メイナード公爵領で扱えるのはそれこそ閣下くらいでしょうな」

ウォルフ様に続いてリック少将まで当たり前のような顔でそう言ってくる。

身体強化が絶技……？

「少なくとも、兵士の五人に一人くらいは身体強化ができるものですよね？」

「「そんなわけないだろう（でしょう）」」

二人にばっさり否定された。

おかしい。身体強化の認識がシルディアの時代と違いすぎる。

「お前、その能力がどんなに稀有《けう》なものか理解していなかったのか？」

「……どうもそのようです」

ウォルフ様の言葉に私は考えこむ。

そもそも、身体強化は魔術を使う才能がなくても扱えるのが大きな強みだ。それがどうしてこんな認識をされているのだろう。

もしかして、習得方法がこの時代まで伝わっていないのだろうか。当時、身体強化を習得するために少々手荒な方法をとっていた。平和な時代になって『あの訓練』が廃止された、というのはありそうな話だ。私はウォルフ様に手招きし、小声で言った。

「……ウォルフ様は、帝国に奪われたラグド砦《とりで》の奪還を目指しているのですよね」

「ああ、そうだ。あの砦《とりで》を奪えば、帝国兵たちも今ほど簡単に侵攻してこられなくなるだろう」

「その目標にぐっと近づく方法があるとしたら、どうしますか？」

「なんだと！」

ウォルフ様が勢いこんで尋ねてくる。

私が「帰りの馬車で話します」と言うと、ウォルフ様は信じられないという顔で頷いた。

「……それで、結局なんなんだ。ラグド砦《とりで》を取り戻す方法というのは」

基地から戻る馬車の中で、待ちきれないとばかりにウォルフ様が尋ねてくる。

「あの砦《とりで》を攻略する作戦があるわけではありません。ですが、こちらの戦力を今よりずっと強化する方法があります」

「どんな方法だ？」

「兵士たちに身体強化を習得させるのです」

基地で話を聞いた限りでは、兵士たちの中で身体強化を使える者はいないそうだ。仮に兵士たち全員が身体強化を習得できたらどうだろう？　これ以上ない戦力増強になる。

私の言葉を聞いてウォルフ様は眉をひそめる。

「身体強化の習得だと？　実現できるとは思えないが」

「そんなことはありません。事実、私もその方法で身体強化を会得しましたから」

「なに？　先天的に使えたわけではないのか？」

「はい」

信じられないような顔をするウォルフ様に頷く。

ちなみに事実だ。前世の話ではあるけれど。

ウォルフ様は少し黙考してから、こう質問してくる。

「……仮にそんな方法があるとして、どうやってリック少将らに信じさせるつもりだ？　証拠もなしに兵士たちの訓練に口を出すことはできないぞ」

「それなら証拠を作ればいいだけです。たとえば兵士を一人借りてきて、その人物に身体強化を覚えてもらうとか」

「その後改めて訓練に取り入れるよう進言する、というわけか。確かにそれなら説得力もあるだろうが……」

軍全体の訓練をいきなり変えさせるのは不可能でも、兵士を一人借りることくらいは可能だろう。

ウォルフ様はさらに考えていたけれど、やがて決心したようにまっすぐ私を見た。

「いいだろう。兵士を借りられるよう、俺からリック少将に掛け合おう。ラグド砦《とりで》を取り戻すためには、打てる手はなんでも打つべきだからな」

「はい。よろしくお願いします！」

よかった。ウォルフ様も協力してくれるようだ。

私も成果を出せるよう頑張ろう。

「で、具体的にはどうするつもりなんだ？」

ウォルフ様の質問に私は真剣に答えた。

「――山籠もりをします」

「は？」

「ですから、山籠もりです。この状況で身体強化を習得するならそれがベストの方法です」

身体強化を習得するにはあるものが必要になるけれど、残念ながらそれは基地にはなかった。となれば、それがある場所に出向くべきだ。今回の場合、それが山である。

「心配なさらないでください、ウォルフ様。山籠もりは素晴らしい修行です。山に籠もっておけばすべてうまくいきます」

「なんなんだ、その山籠もりに対する謎の信頼は」

ウォルフ様は最後はやや呆れていたけれど、それでも前言撤回はしなかった。

準備は数日のうちに進められた。

ウォルフ様が交渉して兵士を一人預かり、私と一緒に山に入る。

以前私がダイエットしたときとは違い、今回はメイナード家が全面協力してくれる。テントや食料の他、魔物が出るかもしれないからと護衛の兵士までつけられた。さすがに護衛まではいらないと言ったのだけど、ウォルフ様に「婚約者を無防備に山に放りだせるか」と即座に却下された。固辞するほどのことでもないので、ありがたく厚意に甘えることにする。

そんなわけで現在、私は預けられた一人の兵士と山の中にいた。

「自分はアニー・ハリス二等魔術兵であります！　よろしくお願いします！」

「よろしくお願いします、アニーさん」

「アニーで結構であります！」

「わかりました、ではアニーと」

私の前にいるのは、基地見学のときに見かけた若い女性魔術兵だ。これから彼女に身体強化を覚えてもらい、『身体強化は後天的に習得することが可能』と示す生きた証拠となってもらうのである。

彼女を選んだ理由は三つ。

階級が低いために一時的に預かっても、基地の業務に支障が出にくいこと。

元の身体能力が低く、身体強化を覚えた場合のインパクトが大きいこと。

そしてなにより根性がありそうなこと。

身体強化の訓練はほんの少し過酷なので、精神的にタフな人間が望ましいのだ。

「ウォルフ様の話では、あなたは候補者の中でも特に強く訓練を志願したそうですね。過酷な訓練ですが、覚悟はできていますか？」

「もちろんであります！　自分は一刻も早く強くならねばなりませんので！」

決意を感じさせる瞳でまっすぐ私を見てくるアニー。兵士としての使命感が人一倍強いようだ。

そんなアニーは不意に表情に警戒心をにじませた。

「……ただ、一つだけお聞きしたいことが」

「なんですか？」

「身体強化を教えてくださるのはティナ様なのでありますか？　公爵様ではなく？」

なるほど。

どうやら私に身体強化を教える能力があるか疑われているようだ。それも自然な反応かもしれない。この時代において身体強化を使える人間は希少で、英雄のような扱いを受けている。幾度となく戦争に参加し実力を見せつけているウォルフ様ならともかく、細身の貴族令嬢にしか見えない今の私が信用されないのも当然だ。

とはいえ、こんなふうに疑われたままでは訓練に支障が出る。

まずはアニーの信頼を得ておくことにしよう。

「ではアニー、あの木に向かって魔術を使ってみてください。思いきりやって構いませんよ」

私は少し離れた位置にある、幹の直径が五十センチはありそうな大木を指さして言った。

「……？　なぜですか？」

「まあまあ、あまり深く考えずに」

「よくわかりませんが、了解であります。【氷結弾《フリーズショット》】！」

アニーが杖の先から放った氷の弾丸が、指定した大木の幹に叩きつけられる。

的代わりにした大きな木は、その衝撃でみしみしと揺らいだ。かなりの威力だ。きっと彼女は魔術を使える人間の中でもとびきりの才能を持っているんだろう。

私は足元からこぶし大の石を拾い上げつつ、素直に賞賛する。

「素晴らしい成果ですね、アニー」

「あ、ありがとうございます！　しかしこれに一体なんの意味が」

「――では次は私の番です」

身体強化を使って私は拾った石を思いきり投げた。

全身の力を乗せた投石は凄《すさ》まじい速度で飛び、先ほどアニーが魔術をぶつけた大木に直撃し――

ドグシャッ、という破砕音を立てて木の幹を貫通した。

「…………は？」

アニーはぽかんと口を開けた。

私が投げた石の勢いを大木は受け止めきれず、やがて幹が半ばからへし折れて奥に倒れる。

「え、ちょっ……じ、自分は夢でも見ているのでありますか……？　投げた石で巨木がへし折れるなど……」

目を擦るアニーに私はにっこり笑って言った。

「夢ではありませんよ。これが身体強化です。私のように少ない魔力でも、使いこなせばこれほどの破壊力を実現できるのです」

「な、なにかの間違いでは」

「現実を見なさい、アニー。いいですか――あなたが全力の魔術を放ってもびくともしなかった大木は、私が投げた石によって簡単にへし折られました。私は息すら切れていません。さて、まだ私を疑いますか？」

「――ッ」

アニーがぞっとしたように表情を凍り付かせ、それからぶんぶんと首を横に振る。

よし、これできっと彼女は私のことを信用してくれることだろう。

「結構です。では、訓練を始めましょうか」

「は、はいッ！　よろしくお願いするであります、師匠！」

いつの間にか呼び方が『師匠』になっている。

アニーは軍の上官相手にするように、私相手に見事な敬礼を披露するのだった。

▼

一方その頃、メイナード邸にて。

執務室で仕事を片付けているウォルフの耳にノックの音が聞こえた。

ウォルフが入室を促すと、入ってきたのは小柄なメイドの少女だった。

「旦那様、お仕事中失礼します。少しお話ししたいことが」

「サラか。どんな話だ？　ティナなら今は山籠もりしているぞ」

「はい、それは存じております。……いえ、心配で心配で仕方ないので本当なら今すぐ飛んでいきたいところなのですが仕事を優先しなさいと言われちゃいましたし……」

「？」

なにやらぶつぶつ言っていた茶髪のメイド少女は、雑念を振り払うように首を横に振る。

「そ、それでティナ様のことなのです。……実はもうすぐ、ティナ様の誕生日でして」

「――ほう？　誕生日だと？」

「それでですね、お祝いに際してぜひともウォルフ様にご協力いただきたくて！」

サラの言葉にウォルフは頷いた。

「情報感謝するぞサラ。婚約者の慶事になにもしないのでは、公爵家の名折れだからな。では具体的にどうするかだが――」

「それなのですが、実はわたしに案がありまして。せっかくティナ様がしばらくお屋敷を空けることですし、今のうちに……」

「……なるほど。悪くないな」

二人は声をひそめつつ、そのあとしばらく相談を続けたのだった。

▼

「し、師匠！　山道の走りこみ、百本終わったであります……ッ！　はーっ、はーっ」

肩で息をするアニーが私のもとに走ってくる。

私はにっこり笑って重石つきの木剣を彼女に渡す。

「素晴らしいペースですね、アニー。では次は素振り千本です」

「え、あの、師匠、休憩などは……というか自分は魔術兵なので、素振りはあまり必要が――」

「なにか言いましたか？」

「なんでもないであります！　一、二、三ッ、四！」

アニーは私から木剣を受け取ると、半泣きになりながら素振りを始めた。

山籠もりを始めてから数日、アニーの訓練は今のところ順調である。今は身体強化を覚えるための土台を作っているところだ。まずは肉体のトレーニング。ある程度生身の体を鍛《きた》えておかないと、急に身体能力が上がったときに体が耐えきれず大怪我《おおけが》をしてしまうことがある。

精密な魔力のコントロールができるなら体の負荷はそこまで気にしなくていいけれど、アニーはそのあたりがわりと大雑把なようなので横着はできない。

ひたすら走らせる、筋力トレーニングを繰り返す。

さらに、並行して別の訓練もおこなう。

「九百九十九、千……ッ！　はあっ、はあっ、お、終わりました師匠……！」

素振りを終えて息も絶え絶えなアニー。

「よく頑張りましたね」

「こ、このくらい平気であります……自分は故郷の村では、体力底なしの女と呼ばれておりましたゆえ……ぜひゅー……」

「そんなあなたにご褒美です。さあこれを飲んでください」

私はアニーに水筒を差しだした。アニーが素振りをしている間に用意したものだ。

ちなみに中身は水――ではない。

「………………またこれを飲むのでありますか？」

捨てられた子猫のような目で見てくるアニー。

私はしっかりと頷きを返す。

「はい。ですが心配はいりません」

「そ、そうなのですか？　ああ、もしかして中身が前に飲んだときとは違う味になっているとか、水で薄めてあるとか――」

「あなたが倒れてもきちんと介抱してあげますからね」

「違うのです……！　自分が言いたいのはそういうことではないのです……ッ！」

そんなやり取りをしたのち、アニーは覚悟を決めたのか勢いよく水筒の中身を飲み干した。

その後、どさっ、と音を立てて倒れた。

相変わらずこの薬は殺人的なマズさのようだ。

水筒の中身は複数の材料を掛け合わせた、『魔力浸透薬』と呼ばれる薬だ。

身体強化は、空気中から大量の魔力を体に取りこんで肉体を強化する技術。しかし、普通にこれをやると体内の魔力濃度が上がることで不調をきたしてしまう。そのため魔力浸透薬を訓練の合間に繰り返し飲んで、魔力に対する耐性を向上させるのだ。

ただこの薬、身体強化を覚えるのに必須のわりに凄《すさ》まじく美味しくない。砕いた魔石なんかも入っているので、もはや飲物と言っていいかも怪しいだろう。それを弱音を吐きつつも、今日まで欠かさず飲み続けているアニーは相当頑張っている。

もう少ししたら次の段階――この訓練の本番へと進めるはずだ。

ちなみにアニーは意識がないにもかかわらず、震える指で地面に『ししょうにころされる』と書き続けていた。

心外な。


「調子はどうだ、ティナ」

気絶したアニーの怪我《けが》を治療していると、ウォルフ様がやってきた。

「ウォルフ様、どうしてここに？」

「なに、仕事がひと段落したから様子を見に来た。それで進捗はどうだ」

「今のところは順調ですよ。アニーは素質がありますね」

「それはなによりだ」

そう言うと、ウォルフ様はなにやら考えこむように顎に手を当てた。

「ウォルフ様、どうかなさいましたか？」

「いや、気にするな。それよりお前には悪いと思っている。婚約者の立場でありながら、こんな過酷な山籠もりをさせてしまっている」

「全然構いませんよ。今回は監督役ですし、気楽なものです」

「…………何日もの山籠もりなど、普通の貴族令嬢なら泣いて嫌がるはずなんだがな……」

今さらそんなことを言われても。

「まあ、それはいい。しかしお前がアニーに身体強化の修行をつけているのは、メイナード領のためだろう。それは本来俺の仕事だ。だが今は、それをお前に押し付けてしまっている」

「一応私は婚約者ですし、気にされる必要はないのでは」

「まだ確定ではないだろう。『お互いが破棄できる』婚約関係など、対外的にはあってないようなものだ」

「……確かにそれは私が言い出したことですが」

「よって、俺はお前になにか礼をする必要がある。ティナ、なにかほしいものはないか？」

ウォルフ様にそう聞かれ、私は大人しく考えてみることにした。

ほしいもの。私が今、もっとも欲しているものは――

「筋肉、でしょうか。鍛《きた》えてはいるのですが、どうもなかなか成果が出ないので……」

「俺が聞きたいのはそういうことじゃない」

毎日素振りを欠かさないのに、私の腕は相変わらず白く細いまま。今世の体はよほど筋肉がつきにくい体質らしい。

「あとは……しいて言えば剣でしょうか。実家から持ちだしたものも、そろそろ限界が近そうです」

私が今持っている剣は、山籠もりダイエットのときにも使った父親のものだ。もともと古かったし、こちらに来てからも愛用しているけれど、正直いつ折れてもおかしくない。

「なるほど剣か。それはいい。お前には必要だろう」

満足そうに頷くウォルフ様。

……あ、今もしかして私はねだってしまったのでは。

「で、ですがウォルフ様、剣は私がプライベートで使うものですし、以前の山籠もりで魔物を狩って得たお金もありますので……」

「ほう、俺を婚約者に訓練用の剣一つ買い与えないような公爵だと噂を立てたいと」

「……お気遣いに感謝いたします」

大人しく頭を下げた。

まあ、剣が必要なのは本当のことだ。

「邪魔をして悪かったな。なにかあればすぐに知らせてくれ」

「は、はあ」

ウォルフ様はそのまま去っていった。……アニーの修行を見に来たのではないんだろうか。

私は内心で首を傾げながら、ウォルフ様の背中を見送るのだった。


元気のいい鳥たちのさえずり。

風に揺れる木々の葉擦れの音。

『グルルォオオオオオオオオオオオオオオオッッ!!』

「ひぎゃぁあああああああああああああああああああっ!?」

響き渡る魔物とその獲物《アニー》の絶叫。

「し、師匠！　これには本当に意味があるのですか!?　自分が嫌いなわけではなく!?」

「もちろんですアニー。これは立派な修行ですよ。ほら、逃げないと魔物に追いつかれますよ」

「ひぃいいいいいっ！」

アニーを追っているのは『グランドベア』という巨大な熊の魔物だ。縄張りに入って挑発し、ここまで誘導した。これも特訓に必要なことなのだ。

訓練を始めて半月ほど経ち、身体強化の修行は山場に移った。それがこれ、魔物との死に物狂いの追いかけっこである。窮地に追いやることで身体強化を習得するきっかけを与えるのだ。

前世ではこれが身体強化を習得する最短ルートだとされ、軍隊の基地では必ずといっていいほど魔物を飼育していた。しかし平和な時代が訪れたことでこの訓練は忘れ去られ、現在では後天的に身体強化が習得できることすら知られていない。だからわざわざ山まで来て、野生の魔物を利用しているのだ。

「師匠、せめて杖を返してください！　魔術で迎撃すればなんとかなると思うのです！」

「却下です。身体強化の修行で魔術を使ってどうするのですか」

「鬼です！　師匠は鬼教官であります！」

「ふふ、昔はよく言われました」

「なぜ少し嬉しそうにしているのでありますか!?」

ちなみにアニーには魔術の使用を禁じている。魔力増幅装置である杖も没収済み。

この修行では、今まで鍛《きた》えてきた肉体の力以外使ってはならないのだ。

『グルルルァアアアアアアア！』

「ひぃっ……！」

もちろん、ただの体力勝負で人間が魔物にかなうわけがない。

当然のようにアニーは追い詰められる。

もう逃げられないと理解したアニーの瞳に恐怖と絶望が浮かぶ。膝を屈しそうになっているのが見て取れる。……助けに入るべきだろうか？　万が一にも事故が起こらないよう、私はすぐに助けに入れる場所に剣を構えて立っている。けれど私が割りこめば訓練は成立しない。すべてはアニーがここで恐怖に打ち勝てるかどうかにかかっている。

重要なのは彼女に覚悟があるかどうかだ。

「アニー！　あなたは最初に『自分は一刻も早く強くならねばならない』と言っていました！　なにか事情があるのではないですか！」

「……それはっ」

「強くなりたいなら今ここで壁を越えなさい！　それとも私が聞いたあの言葉は嘘ですか⁉」

「――ッ！」

アニーの目に力が宿る。迫りくるグランドベアの爪をぎりぎりのところで、けれど完璧な動きで避ける。同時に目にも留まらぬ速度で踏みこみ、握った拳をその鼻先に叩きこんだ。

『ギャウン⁉』

「……へ？」

鈍い音とともにその拳はグランドベアの顔面にめりこみ、のけ反らせた。普通の人間ならありえない腕力だ。殴ったアニーのほうが驚いている。

『フーッ、フーッ……グルオオオオオ！』

「ひっ！」

反撃を受け激高したグランドベアが咆哮《ほうこう》を上げ、アニーに飛びかかる。アニーはさっきの動きの反動で固まってしまっている。私は今度こそアニーとグランドベアの間に割って入り、剣の柄《つか》でグランドベアの顎を打った。怯んだ隙に首筋に剣を突き刺す。

グランドベアの体が消滅し、あとには魔石のみが残される。

「アニー、怪我《けが》はありませんか？」

「は、はい……助けてくれてありがとうございます、師匠」

「当然のことです。それよりおめでとうございます。あなたは身体強化を習得しました」

「自分が身体強化を……信じられません」

アニーは呆然と手を開閉させる。信じられなくても本当のことだ。そうでなければ生身の人間がグランドベアの爪をあっさりと避け、反撃の拳を叩きこむなんてことはできない。

肉体を鍛《きた》え、魔力浸透薬を繰り返し飲み、最後は魔物に追いかけられる。

アニーはその困難を見事打ち破り、新たな力を手に入れたのだ。

「さて、休んでいる暇はありませんよ、アニー」

「へ？」

私は休んでいるアニーに木剣を放り投げた。

「一度成功させたくらいで安心してはいけません。感覚を忘れる前に何度も繰り返して定着させなくては。――というわけで私と模擬戦です。準備はいいですか？」

「……………あの、師匠。自分、今はかなり疲弊しており……とても模擬戦ができる状態では……」

「わかりました。動くのがつらいならこちらからいきましょう」

「お、鬼であります！　師匠はやはり鬼でぎゃあああああっ！」

アニーが身体強化を完全にモノにするには実践が一番だ。少々心は痛むけれど仕方ない。ここでうっかり成功の感覚を逃がしてしまえば、訓練が最初からになってしまう可能性すらあるのだから。

（……まあ、飲みこみの早いアニーを鍛《きた》えるのが楽しいという気持ちもないわけではないですが）

磨けば光る逸材を前に、私は心を躍《おど》らせてしまうのだった。


夜。

静かな山の中で一人の少女がまっすぐ立ち、目を閉じて瞑想《めいそう》めいたことをしている。数秒そうしたあと、少女は疲弊したように荒い息を吐いた。

「はあっ、はあっ、はあっ……もう一度！」

「深夜に抜けだして自主練とは感心ですね、アニー」

「ぶええ!?　師匠どうしてここに！」

身体強化を習得した日の深夜、アニーはこっそりテントを抜けだして自主トレーニングに励んでいた。魔力を一気に集めて体にとどめ、しばらくそれを維持するという初歩的な訓練だ。息を目いっぱい吸って肺を膨らませ続ける肺活量のトレーニングに近い感覚だろうか。

「熱心なのは結構ですが、今日は休んだほうがいいですよ。疲れているでしょう」

「そうでありますが……せっかく覚えたことを忘れたくないのです」

真剣そうな声色で言うアニー。これでは休めと言っても簡単には聞いてくれないだろう。私はアニーを休憩させるため、こんな質問をした。

「アニーがそこまで熱心なのはなぜですか？」

「……」

「答えたくなければ構いませんが」

アニーは首を横に振った。

「いえ、そういうわけではありません。……自分は兵士になる前、メイナード領の片隅の村で狩人をしていました。父に教わりながらの半人前でしたが」

「狩人ですか」

「はい。あるとき、自分は毛皮を売りに一つ山を越えた先にある馴染みの村に向かいました。そこで見たものは、焼き払われた家と、動かなくなった村人たちでした。魔物に襲われたのではありません。侵略してきた帝国の兵士に略奪されたのです。その証拠に、村には帝国の旗がこれみよがしに立ててありました」

その瞬間のことを思いだしたようにアニーは声を震わせる。

「亡骸の中には自分の友人もいました。どのような有様だったかはとても言えません。ただ、苦しみながら命を落としたことだけは間違いありませんでした。それを見たとき、自分は決めたのです。こんなことを許してはならないと。幸い自分には魔術の才能があったので、魔術兵になることにしました。周囲には反対されましたが……後悔はしておりません」

決意のこもった表情でアニーはそう告げた。その姿を見て、私は不意に前世で自分を慕ってくれた部下の一人を思いだした。彼女はアニーと同じように魔術の才能に溢れ、国を守ることへの情熱を持っていた。

そして彼女は滅多に扱える人間がいないような、特別な技術の使い手でもあった。

私は半ば無意識にアニーにこんなことを言った。

「アニー。あなたはこの土地の人々を守るために強くなりたいのですね」

「はい！」

「では聞きましょう。身体強化にはまだ先があるとしたら、あなたはその力を得たいと思いますか？」

「……え？」

私が問うと、アニーは目を瞬かせた。

▼

最悪の発言が聞こえた気がした。

「ロイド殿下……今、なんとおっしゃいましたか？」

王城の中庭で、チェルシー・クローズは対面する人物に聞き返す。

そこに座るのは彼女の婚約者である、第一王子のロイド・ユーグリアだ。

チェルシーの左手の薬指には、このロイドから先日贈られた指輪が嵌められている。婚約者としての証だ。

先日、二人は王城でパーティーを開き、婚約したことを大々的に発表した。

多くの人間に祝福された素晴らしい式だったとチェルシーは思う。

嫌がらせをするために呼びつけたティナたちが来なかったのは誤算だったけれど、それでもチェルシーは現在幸せの真っただ中にいたはずなのだ。それなのに。

現実を受け入れられないチェルシーに対し、ロイドはどこか達観したような表情で数秒前の言葉を繰り返した。


「さっき言った通りだよ、チェルシー。――王太子は僕から弟のデールに変更された。次の国王になるのは、デールなんだ」


その言葉で。

チェルシーの輝かしい未来図は、少しずつ崩壊を始めるのだった。

▼

『王太子はデールに変更された』というロイドの言葉から、遡《さかのぼ》ること数時間。

ユーグリア王城の謁見の間には四人の王族がいた。

玉座につくのは現国王リムジア・ユーグリア。そばには王妃エリザが控えている。なぜかエリザは悲しそうな顔だ。大理石の階段を挟んだ位置に第一王子ロイド、第二王子デールが並んで立っている。

（……父上は一体どんな用件で僕たちを呼びだしたのだろう）

王族四人がこの場に集うことは滅多にない。しかも、数人の騎士を除いて他には誰もいない。

ロイドは緊張を感じていた。

玉座につくリムジアは、ロイドとデールの二人を見下ろしながら言った。

「知っての通り、我が国では第一王子が王太子となるのが慣例だ。多くの国民は、ロイドが次の国王になると疑っておらん。しかし、それはあくまで慣例。第一王子以外の王族に圧倒的に優秀な者がいた場合、継承権がそちらに移ることもある」

ロイドは思わず横目で隣のデールを見た。

圧倒的に優秀な、第一王子以外の王族。

それはまさしくデールのことだ。

「それを踏まえてお前たちに問おう。まずはロイドからだ。お前は王になったあとなにをする？」

国王に視線を向けられ、ロイドは息を呑んだ。

これが重要な質問であることは明らかだ。答えを間違えれば、本当に王位継承権がデールに移ってしまうこともありえる。

ロイドは少し迷ったあと、こう答えた。

「……この数十年で、我が国はおおむね平和になりました。東の帝国とのいさかいを除けば、戦争らしい戦争もありません。国民たちも安心して暮らせています」

「ふむ。それで？」

「先人たちが築いたこの時代を、可能ならずっと続けていきたい。僕はそう思います」

ロイドの出した答えは『現状維持』。

王族として教育を受けた彼は、現在の平和がどれほどの流血の果てに得たものかをよく知っている。ゆえに、今の状態を維持し続けることが最善だと考えているのだ。

国王は視線を横にずらした。

「では、デール。お前は？」


「——二年以内に、この国を今の十倍豊かにしてみせます」


即答だった。

ロイドは唖然とする。そんなことが可能なのか？

国王はすっと目を細める。

「大きく出たな。具体的にはどうするつもりだ、デール？」

「これを用います」

国王の問いに、デールは懐から赤く輝く石を取りだした。

「それは……まさか『竜鉱石』か？」

「はい、その通りです。我が国で多く産出されながら、ただ硬いばかりで武器や防具にするくらいしか役に立たない石——この竜鉱石こそ、我が国にさらなる繁栄をもたらす好材料なのです」

竜鉱石。

デールの言った通り、ユーグリア王国で多く採られる特殊な鉱物だ。圧倒的な硬度を誇り、頑丈な武器や防具となる……というよりは、頑丈すぎて加工が難しく、そのまま盾や鎧《よろい》にするくらいしか使い道がないと言ったほうが正しい。

「この竜鉱石は、最近になって新しい利用法が生まれました。特殊な手順を踏むことで、内部に潜む莫大なエネルギーを取りだすことが可能となったのです。それにはさまざまな応用が想定できます」

「応用だと？」

「はい。主に動力ですね。この竜鉱石から取りだしたエネルギーで乗り物を動かすのです。馬のいらない馬車、オールも帆もいらない船、魔石に頼らない人工ゴーレム——あらゆる分野で大きく常識が塗り替わります」

この言葉には、国王でさえ目を丸くした。デールは言葉を続ける。

「これがどのようなメリットを生みだすのか。例えば、輸送の際にコストが圧倒的に減少します。また、動力としてはかなり強力なので積み荷を増やすこともできますし、移動時間も減らせます。貿易利益は凄《すさ》まじく上昇するでしょうね」

「……そんなことが可能なのか？」

「ええ、すでに試作機も作ってあります。取り寄せるのに時間はかかりますが、いずれ父上にも見ていただければと」

デールの表情や声に普段との違いはない。

それは彼の言葉に嘘がないことを示している。

「そんな研究をいつの間に進めていたのだ……」

「もともとマクファーレン公爵家が研究を進めていたのです。婚約者のミランダを介してそれを全面的に支援し、実用化に至りました。ミランダも他国に留学した際、多くの技術者と縁を作ってくれました。彼女の働きなくしてこの結果はなかったでしょう」

その言葉にロイドはさらなる衝撃を受けた。自分より四つも年下のミランダやデールは、学生時代からこの事業を進めていたのだ。

一方自分の学生時代はどうだった？　最初の婚約者との間でトラブルがあり、精神的に参っていたとはいえ……本当に自分は国や民のために全身全霊を尽くしていただろうか。

「お前たちの言い分はよくわかった」

国王はそう言い、ロイドへと視線を向けた。

「――これより、王太子をデールに変更する。ロイド、異論はあるか？」

「……いいえ、ありません」

国王の言葉にロイドは力なく返答した。現状維持を望み、一時とはいえ王族としての務めから目を逸らそうとした自分と、国のさらなる繁栄を目指して具体的な計画まで用意してのけた弟。どちらが次の王にふさわしいかなんて考えるまでもなかった。

▼

「なんでよ！　全部うまくいってたのに、どうしてこんなことになるのよッ！」

ロイドとのお茶会を終えて屋敷に戻るなり、チェルシーは自室の机を蹴りつけた。

自分は未来の王妃となるはずだったのに！

国民全員が自分にひれ伏すはずだったのに！

こうなったらティナに八つ当たりでも、と考えて、チェルシーは舌打ちをする。

サンドバッグ代わりだったティナはもういないのだ。これではストレス発散もできない。

いや、とチェルシーは思い直す。焦るのはまだ早い。ロイドの話によればデールは王都に戻ってきているという。となれば、その婚約者であるミランダも王都にいるはずだ。ロイドが当てにならないならミランダと交渉し、デールに王太子の立場を返上するよう説得させればいい。

「あの女のことは嫌いだけど、この際仕方ないわね……ロイド様を王太子に戻すためだもの」

チェルシーはメイドを呼びつけ、すぐにマクファーレン邸を訪ねる準備を整えた。

先触れを出し、同じ王族の婚約者として親交を深めたい、などと適当な名目で来訪を受け入れさせる。ミランダは拒否しなかった。

翌日、さっそくマクファーレン邸を訪れる。

「ごきげんよう、ミランダ様。お久しぶりですわ」

「そうですね。お久しぶりです、チェルシー様」

通された応接室で挨拶《あいさつ》を交わしながら、やっぱりこの女は苦手だ、とチェルシーは思う。表情が氷のように冷たい。年下だというのに妙な威圧感がある。弾まない世間話を二、三度往復させてから早々に本題に入る。

「ねえ、ミランダ様。ルールを守らないのはいけないわ。そうでしょう？」

「ルールとはなんのことでしょうか」

「ロイド様は第一王子。この国では第一王子が王位を継ぐのが常識ですわ。なのにデール様はロイド様から王太子の座を奪ってしまった。陛下のご指示とはいえよくないわ。民が混乱してしまうもの。だから――」

「デール様に王太子の座をロイド殿下に戻すよう私から説得しろとおっしゃるのですか？」

「まさか！　そこまで言うつもりはないわ。けれどねえ、ロイド様にもお立場ってものがあるでしょう？」

チェルシーの知る限り、ミランダという女に権力欲はない。マクファーレン家の人間に多い、研究者気質の人物だと理解している。彼女からすれば公務で忙しい王妃の肩書などむしろ不要なはずだ。きっと乗ってくるだろう……そんなチェルシーの考えはあっさりと打ち砕かれた。

「心配なのはロイド殿下ではなくあなたの立場でしょう、チェルシー様。私の大切な友人を陥れてまで手に入れた王太子妃の座を揺るがされて焦っているのですね」

「……!?」

チェルシーは息を詰まらせた。ミランダの瞳にあるのは底が見えないほどのどす黒い憎悪だ。彼女はチェルシーのことをきわめて強く恨んでいるようだ。

「な、なんのことですか？」

「あなたは貴族学院在学中、ロイド殿下の隣にいたいからと、ロイド殿下の婚約者だった私の友人の悪評を流したのでしょう？　私の友人は心を砕かれ、思いだすのもつらいからと汚名をそそぐことすら拒否しました。残念です。フェリアが——私の友人が望みさえすれば、今すぐあなたのおこないを暴露して差し上げるのに」

暗にチェルシーが前のロイドの婚約者を陥れるためにしたことはすべてわかっている、と告げるミランダ。チェルシーは緊張感を覚えながらも言葉を続ける。

「ミランダ様は私のことを疑っているのですね。しかしそれとこれとは話が別。私が言っているのは第一王子が王位を継ぐのが自然だというだけの単純な話ですわ」

「この国の掟では、次の王を決めるのはあくまで国王陛下。陛下がお決めになったことに口を出す権利はありません」

「……ッ」

「話がそれだけならお引き取りを。あなたに王太子妃の座を渡すべきでないことが再確認できました、チェルシー様」

蔑んだ目を向けられたチェルシーは、焼けつくような屈辱を感じた。しかしこの場でミランダの

首を縦に振らせる策が思いつかない。結局は大人しく席を立つことしかできなかった。

屋敷に戻るとチェルシーのもとにいそいそとやってくる少女がいた。妹のプラムだ。

「お帰りなさいませ、チェルシーお姉さま！　どこに行っていらっしゃったんですか？」

「……」

「そうだ、聞いてください！　先ほど家庭教師の先生にマナーについて褒めていただいたんです！きっとわたしももうすぐお城のパーティーに……」

チェルシーは苛立ちのままに手を振るった。バシッ！　という乾いた音が響く。チェルシーがプラムの頬を思いきり張ったのだ。

「きゃあっ!?」

「うるさいのよ、きゃんきゃん高い声で喚かないで！　鬱陶《うっとう》しいわ！」

「お、お姉さま……？」

プラムが呆然とチェルシーを見上げる。今までプラムはチェルシーに殴られたことはなかった。そういったことはティナの役回りだったからだ。

「ああ、腹が立つ！　どうしてこんなにうまくいかないの!?　あたしの思い通りになるはずだったのに！　ロイド様は使えないし、ミランダは生意気！　あたしの邪魔ばかりする！　……このままでは済まさないわ。絶対に王太子妃の座を奪い返してやる……！」

チェルシーは瞳に復讐の炎を宿らせながら自室に向かっていった。

取り残されたプラムは頬を押さえ、その場にうずくまった。

「痛い……お姉さま、痛いよ……」

初めて向けられたチェルシーのおそろしい顔が頭から離れない。

今まで知っている姉とは別人に思えてならなかった。

▼

「でやぁあああーっ！」

ドッガァアアン！

「うぉぉおおおっ！　すげぇえええーっ！」

アニーが投げた槍が直線上にあった的を破壊する。

的といっても、魔術によって作りだされた大きな岩の塊である。

それを見たギャラリー——陸軍基地の兵士たちが驚愕の叫び声を上げていた。

「あ、あれはまさしく身体強化！　まさか本当に後天的に身体強化を覚えることが可能とは……！」

「気持ちはわかるぞリック少将。一か月と少しで新兵が身体強化を習得するなど、誰が予想できるものか」

私の隣ではリック少将とウォルフ様がそんなやり取りをしていた。

というわけで、身体強化をマスターしたアニーのお披露目の場である。

約一か月ぶりに山を下りた私たちは、メイナード邸で一日休んでから、この陸軍基地で山籠もりの成果を披露している。アニーは山籠もりの甲斐あって、今や身体強化を実戦レベルで使いこなせるようになった。まだまだ完璧とは言えないものの、修業期間を考えれば十分すぎるほどだ。やはり山籠もりはすべてを解決してくれる。

(……さて、通常の身体強化を見せることはできたわけですし)

私はグラウンドの真ん中で他の兵士たちから質問攻めに遭っているアニーに目をやる。せったくだし、この場で『アレ』も披露してしまおう。

「リック少将、もう少しお時間をいただいても構いませんか？」

「？　構いませんが、なんのためですかな」

「アニーが習得した、身体強化のさらに上をお見せできればと」

「……なんですと？」

私の言葉を聞いてリック少将が目の色を変える。

「身体強化の上……？」

ウォルフ様も同様だ。むしろ実際に身体強化を使えるぶん、リック少将以上にウォルフ様の興味を引けたことだろう。というわけでアニーに声をかける。

「アニー、『アレ』をやってみてください」

「りょ、了解であります！」

新たな槍を手に取り、緊張した顔でアニーが意識を集中させる。

その全身から魔力が立ち上っていく。

そして数秒後、カッ！　と目を見開いたアニーは槍を投擲《とうてき》した。

さっきとは別の的が槍を受けて粉々になる。

うん、いい身体強化だ。

けれど私が見たいのはそれではない。

「はあっ、はあっ……！　し、師匠！　やはりあれはまぐれだったのであります！　訓練中にも一度しか成功しなかったことでありますし……！」

アニーがなにやら弱気なことを言っている。

周囲も私がなにをやらせているのかわからず困惑顔だ。

……仕方ない。

「まったく手のかかる弟子ですね。では、私が手伝ってあげましょう」

「へ？　手伝って――ぎゃあああああ！　い、いきなり襲いかかってこないでください師匠！」

私が振り下ろした剣をアニーが身体強化を使って避けた。

それからさらに別の槍を手に取って迎撃の構えを取ってくる。

このあたりの行動はアニーの頭にほとんど反射のレベルまですりこまれている。咄嗟《とっさ》の動きで身体強化を使えるのだから大したものだ。訓練の成果が出ている。

「これからあなたを『アレ』を使わざるを得ないほど追いこみます。では行きますよ」

「またこの流れでありますか⁉」

アニーは半泣きになりながらも、私の攻撃を槍で受けたり避けたりしている。

この模擬戦を見て周囲の兵士たちは唖然としていた。

それもそうだろう。身体強化使いの戦いは、それを使えない者たちにとっては目で追うことすら難しい。

「うぐぐぐっ……！　こ、このままでは殺されるであります……！　――うぁあああああああああああッ！」

数十秒後、破れかぶれになったアニーがついにそれを成功させる。

振りかぶった槍を彼女の魔術が覆い、巨大な氷の槍を生成する。

それを私目がけて投げてきたので回避すると――私の後方で、飛んでいった氷の大槍が大破壊を生んだ。地面に大穴が作られ、砂煙が舞い、的代わりの大岩は当然のように砕け散る。同じく砕けた氷の大槍の破片が周囲の温度を下げた気すらした。

「な、なんですかなこれは……！」

リック少将の唖然とした呟きに私は返答する。

「『魔術武技《マジックアーツ》』と呼ばれるものです。身体強化の力に魔術を組み合わせることで、通常の身体強化よりもさらに高い効果を発揮できます」

「それに至っては聞いたこともありませんが⁉」

「……そうなのですか？」

まあ、『魔術武技《マジックアーツ》』は私の前世の時代でも使える人間は少なかった。身体強化が前提となる技術だし、身体強化が希少とされるこの時代では、使える人間がほとんどいなくて当然かもしれない。

ちなみに、前世の私は使えたけれど、今の私にこれは使えない。

なにしろ身体強化とは比べ物にならないほど魔力の消費量が大きいのだ。今の私では全力で空気中から魔力を吸いこんでも必要な魔力を集められない。これは生まれ持った魔力の許容量の問題なのでどうしようもない。

……ん？　ということはつまり、現代においてアニーは攻撃力だけなら最強なのでは。

これはとんでもない怪物を育て上げてしまったかもしれない。

「…………」

一方、ウォルフ様は考えこむように顎に手を当てている。

どうしたんだろうか？　もう少し食いつくかもしれないと思っていたのに。

「ぜぇっ、ぜぇっ……！　し、師匠、これでよろしいですか……」

「ええ。最後までよく頑張りましたね、アニー」

「へ？　あ、その、師匠が……自分を褒める……？　そんなことあるはずが……」

「あなたは私をなんだと思っているんですか？」

頑張った弟子を最後に褒めるくらいのことはする。

ともあれ、アニーの身体強化お披露目は大成功に終わったのだった。

兵士たちに身体強化習得の訓練をさせるため、リック少将ともろもろ打ち合わせをおこなう。

さすがに全員一度にはできないということで、兵士の中から希望者を募って順番に訓練させることになった。

魔力浸透薬や、訓練用の魔物についても手配する必要がある。

そのあたりを考えれば、訓練が実際に始まるのはまだ先のことだろう。

ある程度訓練に再現性があると証明できれば、中央にもこのことは報告する必要がある。

勝手に一つの基地が極端に強い戦力を持ってしまうと、クーデターでも起こすのかと疑われてしまうからだ。

ややこしいことにならないよう、いろいろと気を遣ったほうがいい。

リック少将との打ち合わせを終えた私とウォルフ様は、そのまま帰りの馬車に乗りこんだ。

「……」

「……あの、ウォルフ様。さっきからなにをそんなに考えこんでいるのですか？」

帰り道の途中、私は隣のウォルフ様に尋ねた。

アニーの『魔術武技《マジックアーツ》』を見せたあたりから、ウォルフ様の様子がおかしい。一体どうしてしまったんだろう。

「『魔術武技《マジックアーツ》』——お前はそう言ったな、ティナ」

「え？　はい、言いましたが」

「あれは身体強化と魔術を組み合わせる技術だと、そうも言ったな」

「はい」

私が頷くと、「そうか……」とウォルフ様は呟いた。

「……あの、本当にどうしてしまったんですか？　先ほどから変ですよ、ウォルフ様」

そろそろなにを考えこんでいるのか教えてほしいところだ。

ウォルフ様は視線を鋭くして告げた。

「『魔術武技《マジックアーツ》』は、かつてこの国の最精鋭部隊である『精霊騎士団』が得意としていた技だ」

「そうですね。その通りです」

それは事実だ。

精霊騎士団は、前世の私が率いた部隊。その全員が、『魔術武技《マジックアーツ》』を扱う精鋭中の精鋭だった。……もっとも、今は存在していないようだけれど。

「騎士団の長の名はシルディア・ガードナー。彼女の剣技は凄《すさ》まじく、戦乱の世においてこの国を何度も救った英雄とされている」

そう言って、ウォルフ様は私の目をまっすぐ見た。

まるで私の心の底を見透かすかのように。

「……な、なぜその話を私に？」

「精霊騎士団は半ばお伽噺《とぎばなし》のようなものだ。あまりの荒唐《こうとう》無稽《むけい》な強さゆえ、詳しい記録が残っていないからな。俺は家の書庫に関連書があったから知っていたが、普通なら『魔術武技《マジックアーツ》』なんて名前は知るはずもない」

「……」

「ティナ、なぜお前はそれを知っていた？」

「そ、それはですね」

「お前、やはり――」

私がどう答えたらいいか必死に考える中、ウォルフ様は私にビシィ！　と指をつきつけた。

「――やはり、お前もシルディア・ガードナーに憧れて剣術を始めたクチなのだろう！」

どうしよう。なんだかとてもややこしい誤解をされている気がする。

「あの、すみませんウォルフ様。そういうわけではないんですが」

「隠すな隠すな。俺にはわかる。剣一本で竜の群れを殲滅し、大地を割り、空を裂く。もはや彼女の逸話は偉業を通り越して神話の域だ。凶悪な敵を倒して人々を守るその姿はまさしく英雄！　幼い俺は、子供心にこんな素晴らしい騎士になりたいと思ったものだ」

うんうんと頷き、そんなことを言うウォルフ様。

(違うんです。私は別に百年前の伝説の騎士に憧れた過去を隠したかったとか、そういうわけではないんです)

「と、というか、私が剣術を始めた理由は、山籠もりダイエットの際に旅の剣士に出会ったからだと言ったではありませんか」

「あれが嘘なのは聞いた瞬間にわかっていたが」

「そんな⁉」

「ああまで露骨に視線を逸らしながら言われてはな。てっきりなにか言いたくない理由があるんだと思ったから、その場では特に突っこまなかったが」

ど、どうりであのとき簡単に引き下がったと……！　前世から嘘が下手だとは言われ続けてきたけれど、まさか会ったばかりの人物にすら見抜かれるほどだなんて！

「まあ今さらそんな話はどうでもいい。それよりシルディア・ガードナーの話をしようではないか。お前はどのエピソードが好きなんだ？　俺は特に『大盗賊ガルス』との戦いや『黒龍ルナルディア』との戦いが印象深いな」

「そ、そうですか。まあ確かに大きな戦いでしたからね……」

「罠にかけられ、劣勢に立たされたシルディアは味方に言うわけだ。『私たちは護国の騎士。こんなところで朽ち果てるわけにはいきません。さあ立ち上がりなさい』――幼少期に初めてあれを読んだときには体に震えが走ったものだ」

「あの、もうやめませんかこの話！」

震えが止まらないのはこっちだ。前世のこととはいえ、詩人の美辞麗句《びじれいく》で彩られた自分の活躍を語られてはむずがゆくて仕方ない。誰か助けてほしい。

しかし祈りも空しく、私はウォルフ様からシルディア・ガードナーへの熱意を、屋敷に戻るまでの間ひたすら聞かされ続けるのだった。

▼

「——っ、はあ、はあ……！」

桃色の髪の少女、プラム・クローズはベッドの中で荒い息を吐いた。

悪夢を見た。三姉妹の長女であるチェルシーが自分を屋敷の倉庫裏に呼びだし、魔術の特訓と称して自分を魔術の的にするという夢だった。

プラムは魔力で作りだした石つぶてを次々とぶつけられ、あまりの恐怖と痛みに泣き叫ぶ。するとチェルシーはかえって嬉しそうにする。甲高い声で「なんて情けないのかしら、もっと鍛《きた》えてあげないといけないわね」と告げ、さらにいたぶろうとしてくる——

あくまで夢の中の話だ。しかし今のプラムにとっては、それはただの笑い話では済まない。

「チェルシーお姉さま……どうしてあんなふうになってしまったんですか……？」

先日チェルシーは外出先から戻ってきたあと、出迎えたプラムを唐突に叩いた。それからというもの、チェルシーはプラムに対して冷たい態度を取るようになった。機嫌が悪いときは罵声を浴びせてくることもあった。プラムがストレス発散の道具として丁度いい、と言わんばかりに。

チェルシーに懐いていたプラムにとって、その変わりようはあまりにショックだった。チェルシーにいじめられる夢を見てしまったのはそれが原因だろう。

両親には相談したが、二人とも取り合ってくれなかった。「今はチェルシーにとって大事な時期だから」と。それでも食い下がると二人は溜め息を吐き、「お前もティナと同じで物分かりが悪いのか？」と蔑むように言ってきた。両親も自分のことなどどうでもいいのではないか、と幼いプラムの心はひび割れそうだった。

寝覚めが悪いせいで食欲はない。窓の外は丁度白み始めたところだった。この時間帯ならメイドたちが仕事を始めているだろうと考え、飲み物をもらうためにプラムは部屋を出て厨房に歩いていく。

父の書斎の近くを通りかかると、中から話し声が聞こえてきた。

「……クローズ卿。こたびの王太子の決め方には、私をはじめ多くの貴族が納得していない」

「ええ、そうでしょうとも！　私も同じ気持ちです、ルードマン卿」

「すでに軍の高官に命じて計画を進めている。必ずよい結果となるだろう。我々だけでなく、そちらのチェルシー嬢にとっても」

「さすがですわ、ラルフ様。軍務卿のあなたがロイド様の派閥であったこと、今日ほど感謝した日はございません。ロイド様にもきちんとお伝えしておきますわね」

「ははは、それはありがたい……」

書斎からはチェルシーとエドガーに加え、もう一人エドガーと同年代くらいと思われる男性の声が聞こえてくる。プラムは少し驚いた。昨日の夜に来客があったのは知っていたが、まさか夜通し話し合っていたのだろうか。……一体なにを？

プラムを叩いた日から、チェルシーはいろいろな貴族に会っているようだった。具体的なことはわからないが、なにか大きな動きを起こそうとしているのはプラムにも察することができる。

それがなにかはわからない。

しかし、プラムは書斎から響く悪意の混ざった笑い声を聞き、漠然と嫌な予感を覚えるのだった。

第六章

アニーの身体強化をお披露目してからしばらく経った。

この間私がやっていたことは主に、軍の身体強化訓練の監督役だ。兵士の中から選ばれた数十人に訓練を施し、私の持っているノウハウが信用できると示す必要がある。

もちろん簡単なことじゃない。けれどこれを半年、一年と続ければ、兵士たちの多くが身体強化をマスターできる。そうなれば、帝国に占領されたラグド砦《とりで》を奪還することが現実的なものとなるだろう。

さて、そんな日々の中で――

「ティナ。『魔術武技《マジックアーツ》』というのはこれで合っているか？」

「……え、ええ、そうですね」

私は目の前のウォルフ様を見ながら呆気にとられていた。

場所は街の外の平原。

ウォルフ様が見せたいものがあると言うのでついてきてみれば、予想外のものを披露された。

ウォルフ様の掲げた剣は翡翠《ひすい》色の風の魔力に覆われている。あれを振るえば岩の塊でもバターのように両断できるだろう。

身体強化と魔術の融合。

まさしくあれは『魔術武技《マジックアーツ》』だ。

「あの、ウォルフ様。一体どうしてそれを……？」

私はあの技術をウォルフ様に教えていない。

「政務の合間にひそかに練習を重ねていたのだ。以前、アニー・ハリスが実戦していたのを見てから、なんとなく要領がわかったからな」

こともなげに言うウォルフ様。ど、独学……

「合っているならいい。とりあえず試してみるか」

ビュンッ！

ウォルフ様は風の魔力をまとった剣を上空に向かって振り抜いた。

単なる素振りなら風を切って終わりのその行動も、『魔術武技《マジックアーツ》』なら話は別だ。剣の軌道を可視化したような三日月形の魔力の刃が発射され、空へと向かっていき——直線上にあった雲の端を切り裂いた。

威力も申し分ない。これだけの『魔術武技《マジックアーツ》』を操れる人間は、精霊騎士団にもそうはいなかった。アニーには悪いけれど、彼女の『魔術武技《マジックアーツ》』とは比べ物にならないレベルに達している。

「ウォルフ様はすごいですね」

「そうでもない。どうせお前もこれは使えるんだろう？」

「使えませんよ。魔力が足りませんから」

「そうなのか？」

ウォルフ様の質問に頷く。『魔術武技《マジックアーツ》』は身体強化よりさらに多くの魔力を空気中から取りこむ必要がある。今世の私の体では、おそらくそれに耐えられないだろう。

「お前にもできないことがあるんだな」

「私をなんだと……これでもかなり不便なんですよ。背丈、筋肉、骨の太さ。どれか一つでもあれば世界が変わりそうなんですが」

「どれも令嬢が求めるものとしてまともじゃないぞ」

体格にも魔力にも恵まれたウォルフ様には、私の苦労はわからないことだろう。

「……まあいい。時間もほどよく潰せた」

「はい？」

「屋敷に戻るぞ」

ウォルフ様はそう言うと、近くで草を食んでいた愛馬に向かって歩きだした。

……時間を潰せたというのは、一体どういう意味だろう？

突然だけれど、今世の私……ティナ・クローズは誕生日にいい思い出がない。

家族からは疎まれていたティナにとっては、特別なケーキも、贈り物も、温かい言葉も、すべて他人事でしかなかった。

シルディア・ガードナーには誕生日そのものがない。

戦災によって両親を失い、幼い頃に孤児院に預けられたシルディアは、自分が生まれた日付を知らない。知ろうとも思わなかった。必要なのは剣を振るうための腕だけで、覚えてもいない誕生日を祝われるくらいなら、一人でも多くの人を救いたかった。

つまり、ティナ・クローズとシルディア・ガードナーという二人の記憶を持ちながら――私は、今まで一度も誕生日を祝われた経験がない。


「ティナ様、お誕生日おめでとうございますー！」

どこに出しても恥ずかしくない、愛嬌《あいきょう》たっぷりのメイド、サラが満面の笑みでそう声をかけてくる。それに合わせて、連れてこられた大広間のあちこちから「おめでとうございます！」の大合唱が響いた。

「え、あの、これは一体……」

「今日はお前の誕生日なのだろう、ティナ。婚約者としては祝わないわけにはいかん」

「あ、ウォルフ様。……その格好は一体？」

放心する私の質問に答えたのはウォルフ様だった。

彼は普段の格好ではなく、パーティーに出席するような正装。つややかな黒髪をオールバックにまとめていて、いつもよりずっと大人びて見える。ここに来るよう私に言ったあと、用があるからと一時的に別れていたけれど……どうやら着替えるためだったようだ。

「雰囲気づくりの一環だ。せっかくの祝いの席に、いつもと同じ装いではつまらんだろう」

「はあ……」

確かにウォルフ様の正装なんてめったに見ないから、新鮮ではあるけれど。

それにしても……誕生日？　私の？

私は頭の中で日付を数える。

……あ、本当だ。今日は私の誕生日だ。すっかり忘れていた。それはそれとして腑に落ちないことがある。

「あのですねウォルフ様。私、なにも聞いていないのですが」

「言ってないからな。メイドにお前の誕生日が近いと聞いたから、お前が山籠もりしている隙に準備を進めておいたのだ。どうせなら近隣から貴族を山ほど招いて盛大にやろうかと思ったが――」

「――女性に準備の隙も与えず、大勢の客を招いては楽しむどころではないでしょう、と私から却下したというわけです」

ウォルフ様の後ろに控えていたイアンさんが説明を引き取った。

確かに大部屋にいるのはウォルフ様、イアンさんを除けばメイナード邸に勤める使用人や兵士たちばかりだ。アットホームな雰囲気といえる。私としては人の多いパーティーよりこちらのほうが数倍ありがたい。

「というわけで、まずはグラスを持て」

「え？　あ、はい」

ウォルフ様が差し出したグラスを受け取る。

「では、十七歳になった我が婚約者、ティナ・クローズの新たな一年がさらに実り多きものとなることを祈って――乾杯！」

「「乾杯！」」

「か、乾杯」

流されるまま、ウォルフ様の音頭に合わせてグラスを掲げる。

そんな感じで、流れについていけないまま私の誕生日パーティーが始まった。

「さあさあティナ様、どれから召し上がりますか？　これなんておすすめですよ、わたしが材料から選んでたっぷり時間をかけて仕込んだんですよ、さあさあさあ」

にこにこ笑顔のサラがぴったり私のそばに控えて、料理や飲み物をひっきりなしに持ってきてくれる。

「はい、あーん、ですティナ様」

「え？　いやでもさすがにそれは」

「…………だめですか？　どうしても……？」

「……あ、あーん」

「えへへへへ」

サラが差しだしたフォークから料理を食べると、サラは笑みをさらに深くした。もう背後から光が差しているんじゃないかと思えるほどの満面の笑みだ。こんなに上機嫌なサラは滅多に見ない。

「サラ、今日はどうしたの？　なんだかすごく機嫌がよさそうだけれど」

「よくなるに決まっています！　だってわたし、ずっとティナ様のお誕生日パーティーをしたかったんですよ！　前のお屋敷では一回もありませんでしたから、ずっと不満でした！」

「ああ……」

クローズ家では私の誕生日パーティーは開かれなかった。

理由は単純、私が家族に疎まれていたから。父エドガーいわく、「社交も勉学も魔術も落ちこぼれのクローズ家の面汚しが、どうして普通の令嬢のように扱ってもらえると思えるのだ？」とのこと。

チェルシーやプラムには祝いの席が設けられたけれど、私には一度もそういったイベントは起こらなかった。私が言われるまで自分の誕生日を忘れていたのも、それが理由だ。

「今日はわたしの夢が叶った日でもあるのです！　旦那様には感謝してもしきれません！」

「……あなたにはいつも気を遣わせているわね。ありがとう、サラ」

「そんなことはありませんよ！　あ、ティナ様グラスが空ではありませんか！　では飲み物を取ってまいりますね！」

「え、ええ、ありがとう」

飲み物を取るために、サラはその場を一時離脱していった。

その足取りは普段の音を立てないメイドの歩き方ではなく、もはや半分スキップのようだった。……本当にすごくご機嫌だ。

その一部始終を見ていたウォルフ様が、感心したように言った。

「お前は本当にあのメイドに好かれているな、ティナ。あそこまで主を慕うメイドは稀少だぞ」

「ふふ、そうですね。あの子にはいつも救われています」

「それに比べてうちの従者の愛想のないことと言ったらな……」

「おやどうしたんですウォルフ様？　不満そうな顔で僕の顔を見て」

ジト目のウォルフ様に、平然と応じるイアンさん。

そうだ、せっかくだしずっと気になっていたことを聞いてみよう。

「主従というなら、お二人の関係も変わっているように思えます。どこで出会われたのですか？」

「知り合ったのは貴族学院だ。在学中、座学の成績で一位を独占し続けたやつでな。内政に興味がありそうだったから、うちの領地に来ないかと勧誘した」

国の未来を担う令嬢令息を育てる貴族学院は、当然ながら教育のレベルも他の追随を許さない。

そんな中で学年トップを維持し続けるなんて、イアンさんは凄《すさ》まじい秀才だったようだ。

「それでイアンさんはこのお屋敷で働くことにしたわけですね」

「最初は普通に断ったんですがね」

「え？」

「ですが、両親がいつの間にか説得されて、気付いたら非常に断りづらい状況になっていまして……」

遠い目をして言うイアンさん。なんだか他人事だとは思えない話だ。

「なるほど。ウォルフ様は昔から強引な人物だったのですね」

「ええその通りですティナ様。よくおわかりで」

なんとなくウォルフ様に婚約を申しこまれたときのことが脳裏をよぎった。私のときは本気で拒否すれば引いてくれそうな雰囲気だったことを思うと、おそらくイアンさんが最終的にウォルフ様の勧誘を受けたのはイアンさん自身の意思なんだろうけれど。

……ちなみにウォルフ様は「そんなこともあったかな」と白々しく視線を横に飛ばしていた。

「ティナ様！　プレゼントを用意したので受け取ってください！」

「あ、ありがとうございます」

パーティーに参加しているメイナード邸の使用人、庭師、兵士たちから代わる代わる誕生日の贈り物を受け取る。香り付きの軟膏、押し花、手作りのクッキーなどさまざまだ。両手に抱えきれないほどのプレゼントを受け取るのは初めてなので、戸惑ってしまう。

「こんなにたくさんのものをいただいていいのでしょうか……」

「なにをおっしゃいます、ティナ様！　以前儂《わし》が腰を痛めたとき、庭木の剪定《せんてい》を手伝ってくださったことを忘れていませんぞ！」

「私は厨房に重たい小麦袋を運ぶとき、手を貸していただきました！」

プレゼントをくれた庭師やメイドが口々にそんなことを言う。

そういえば、この屋敷に来てからしばらくはすることがなかったから、雑用を手伝ったりしていたんだった。

「これまでのお見合い相手のご令嬢たちとは比べようもない、天使のような方です……！」

涙ながらに語る使用人たち。ウォルフ様の前の婚約者候補たちがどんな人物だったのか気になる。

「わたしからはこれです！　動きやすさにこだわった新しい練習着！」

「ありがとう、サラ。とても助かるわ」

相変わらずご機嫌なサラが訓練用の服を差しだしてくる。アニーを鍛《きた》えるための山籠もりで、手持ちのものはだいぶ傷んでしまったからありがたい。

「――を、二十着ほどご用意しました！」

「……そ、そう。大切に使わせてもらうわね」

「はい！」

満面の笑みで頷くサラ。普段のメイドとしての仕事もあるだろうに、この子は一体どうやってこれだけの服を作り上げたのか。サラの活力は常人の範疇《はんちゅう》に留まっていない気がする。

「自分からは手が疲れにくい羽ペンと、腰を支えるためのクッションを。最近は書庫にいらっしゃることも多いようですから」

「ありがとうございます、イアンさん」

続いてイアンさんからは羽ペンとクッションという、座り作業に向いた道具をもらった。日頃から家政を取り仕切っているイアンさんの選んだものなのだから、効用は期待できる。使うのが楽しみだ。

「最後は俺だな。受け取れ、ティナ」

最後に進みでてきたウォルフ様が、布を巻いた細長いものを手渡してくる。

「これは……剣ですか？」

「その通り。以前聞いたとき、剣が劣化していると言っていたからな」

思いだされるのは、アニーの修行を始めて間もない頃のやり取り。あのときの「なにか欲しいものはないか？」という質問は、このためだったようだ。

布をほどくと、現れたのは艶のある鞘《さや》に覆われた一振りの直剣。柄《つか》はやや細く私の手によく馴染んだ。鞘《さや》から抜くと、まるで炎のように赤い刀身が現れる。

ひと目見てわかる。

この剣は――相当な業物《わざもの》だ。

「ユーグリア王国随一の鍛冶師《かじし》に造らせた一振りだ。素材は加工の難しい竜鉱石。通常の剣より重いが、そのぶん切れ味と頑丈さは図抜けている」

竜鉱石といえば、前世でも最高級の武器の素材だった。

それを用いたこの剣は、確かに単なる鉄の剣とは異なるすごみがある。

おそらく岩を切り裂いても刃こぼれ一つしないだろう。

「ありがとうございます、ウォルフ様。とても懐かしいです」

「懐かしい？　竜鉱石の剣を使ったことがあるのか？」

「あ、いえ、そういうわけではないのですが」

私は慌てて首を横に振った。前世で竜鉱石製の剣を愛用していたことを思い出していたのだけれど……そんなことを言うわけにはいかない。幸いウォルフ様は特に気にすることはなかった。

「ふむ、まあいい。……ちなみにもう一つある」

「はい？」

「持ってきてくれ」

ウォルフ様が指示を出すと、使用人の数人が進みでてきた。彼らの手にはリボンで飾られた、木製の平たい箱が抱えられている。あれは一体？

「中を見てもいいですか？」

「ああ」

箱の蓋を開ける。

目に飛びこんできたのは、鮮やかな青色の布地だった。手触りはさらさらで、まるで人ならざるなにかが作り上げたかのように精巧な作りだ。

素晴らしい出来栄えのドレスだ。

けれど、私はそれ以外の点に驚いた。

「これって……」

似ているのだ。かつてミランダ様から譲り受け、サラに手直ししてもらったドレスと。

チェルシーの取り巻きにかけられたワインはすっかりシミになってしまって、結局あのドレスは処分せざるを得なかった。目の前にあるドレスはそれとよく似ている。

「王都でのパーティーの際に、お前が着ていたドレスを参考に仕立てさせた。お前のメイド……サラにも相談しながら。誕生日祝いが剣だけというのも味気ないだろう」

「……覚えていてくださったんですね」

「あんなに印象的な姿をそうそう忘れられるものか」

「確かに、会場の真ん中で騒ぎを起こしてしまっていましたからね」

チェルシーたちと揉めたことで悪目立ちしていたのは否めない。

「……それだけではないがな」

「はい？」

「なんでもない。忘れろ」

「そう言われると気になります」

「忘れろ」

どうも本当に言いたくないようだ。悪目立ちしていたことではないのなら、一体なにが印象に残ったんだろう。

「イアン様、イアン様。なんだかいい雰囲気ですね！」

「まったく同意しますサラ・エイベルさん。うちのバ閣下は、まだ自分の気持ちを自覚しているかどうかも怪しいものですが、時間の問題でしょうね」

「うう……とうとうティナ様にも素敵なお相手が……なんだか泣きそうです……」

「ええ、本当に」

サラとイアンさんがこそこそと話している。

さらに周囲も私とウォルフ様を生暖かい目で見ているような気がする。

……本当になんだというのか。

まあ、それはさておきだ。

「ウォルフ様」

私はドレスの収められた箱を抱えたまま、ウォルフ様の手を取った。驚いたように目を見開くウォルフ様に正面から視線を合わせる。

「な、なんだ」

「私は口が上手くありません。なので、きっと今私が感じている気持ちをすべて伝えることはできないかもしれません。ですが、どうしても言っておきたいです」

私はまっすぐウォルフ様を見て告げる。

私が今から言うことが本心であることが伝わるように。

「今日は本当にありがとうございます。素敵なパーティーを開いてくださったことも、贈り物を用意してくださったことも、このドレスを贈り物に選んでくださったことも」

「……」

「こんなに嬉しい誕生日は初めてです。どれだけ感謝してもし足りません」

クローズ家ではいないもののように扱われていて、誕生日を祝われたことなんてなかった。シルディア・ガードナーとして生きていた前世では、そもそも誕生日がいつなのかわからなかった。わかったところで、ほとんど兵器のような扱いを受けていた私を祝おうなんて人はいなかっただろうけれど。

本当に初めてなのだ。こんなに温かい気持ちになれた誕生日というのは。

「ですから、その」

けれど残念ながら私は口下手で、受け取ったものに釣り合った感謝の言葉なんて思いつけない。だからせめて本心を伝えることにした。

「……ウォルフ様の婚約者になれてよかったです。ありがとう、ございます」

「……」

ウォルフ様が目を見開いて固まった。

「ウォルフ様?」

「……それならいい。喜んでもらえたのならこの場を用意した甲斐があった。では、俺は少し出てくる」

「え？　あ、あの、ウォルフ様!?」

そう言い残してウォルフ様は足早に大部屋を出ていってしまった。

「……嫌な思いをさせてしまったのでしょうか」

考えてみれば、「婚約者になれてよかった」なんて、なにかをもらったタイミングで言うのは現金すぎたかもしれない。私は誕生日を祝ってくれた気持ちそのものが嬉しかったのだけれど、今の言い方で果たしてそれは伝わっているのか。

そんな私を見て、サラとイアンさんはなぜか苦笑する。

「大丈夫だと思いますよ、ティナ様」

「そうですね。問題ないかと」

「本当ですか？　ウォルフ様に不愉快な思いをさせたということは」

「「ないです」」

断言された。

……それが慰《なぐさ》めの言葉でないことを祈るばかりだ。

▼

「……はぁ」

大部屋から離れたところでウォルフ・メイナードは溜め息を吐いた。

深呼吸を繰り返して心を落ち着ける。

(……なにを浮ついているんだかな)

自嘲気味に笑みを作って、ウォルフはぼんやりと考える。

――自分を見る目はいつもいらない感情が乗っていた。

家格や容姿に恵まれたせいで、年の近い同性からは嫉妬の感情を浴びせられ、女性からは打ち解けていない段階から熱を帯びた視線を注がれ、戦場で対峙した敵からは、怪物でも見るような目を向けられた。

多くの他人はウォルフの肩書越しにしか彼を見ない。『メイナード公爵家の当主』あるいは『八つ裂き公』、そういった肩書きばかりに注意を向けてくる。

けれど、ティナは違う。

最初こそ自分を残虐な人間だと思っていたようだけれど、今の彼女はウォルフ自身をまっすぐ見てくれているように思う。

そういう視線はウォルフの家族を思いださせる。

もうこの世にはいない両親の姿を。

ティナのことを思うと、ウォルフは胸が温かくなるような気がするのだ。

（……女などみな同じだと思っていたというのに）

再度溜め息を吐き、ウォルフは壁によりかかる。思考が上手くまとまらない。しかし、不思議なことにそれが心地よくもある。

そんな慣れない感覚を味わっているウォルフのもとに、一人の使用人が駆け寄ってくる。

「ここにいらっしゃいましたか！　ついさっき、旦那様宛にお手紙が」

「手紙？」

使用人は慌てているようだった。たかが手紙でどうしてそうなるのか。怪訝な顔でウォルフはその手紙を見て、目を見開いた。一目でわかる特徴的な封がされたそれはただの手紙ではない。

国王からの勅令。

それはウォルフを含め、ユーグリア王国に暮らす民にとって神の託宣に等しい。

慎重な手つきで手紙を取りだすと、ウォルフの心中から浮ついた気持ちは消え去った。

そこには以下のように書かれていた。


――帝国兵の迎撃態勢が万全となる前に、中央からの援軍とともにラグド砦《とりで》を奪還せよ。

第七章

他人を蹴落としてでも自らの望みを叶えられる、したたかな人間になれ。

チェルシー・クローズはそう言い聞かされて育った。

クローズ家が治める領地は、特殊な魔物が多い土地だった。それでも代々積み重ねた知識によって対処してきたが、先代の領主が土地を治めていたときに問題が起きた。

『百年樹《ひゃくねんじゅ》』と呼ばれる植物型魔物の大発生。

肥沃《ひよく》な土地を荒れ地へと変える魔物によって、領地の一部が不毛の地と化した。チェルシーの祖父フレッド・クローズはなんとかその百年樹を退治できたが、それでも失われた田畑は簡単には戻ってこない。税収は激減し、溜めこんでいた財産も補償のために吐きだすことになった。

チェルシーの父エドガーも奮闘したが、領地運営は苦しくなる一方。

そんな背景があったから、エドガーはチェルシーにこう望んだ。

クローズ家を建て直すために、有力な家に嫁げ。強い女になれ。他人を蹴落としてでも、自らの望みを叶えられるような。

幼い頃からそうすりこまれたチェルシーは、なんの疑問も抱かず言われた通りにした。

他人の弱みを握って脅す。日常的に痛めつけて反抗の意志を削ぐ。王太子妃となるため、ロイドの婚約者の悪評を流す。

そういったことを繰り返すたび、両親から褒められた。周りの人間にももてはやされた。

これでいい。

これが正しい。こんなにも上手くいっているのだから。

だからチェルシーは決断したのだ。自分のものであったはずの、王太子妃の椅子を奪われた日に。

——そうだ、戦争を起こそうと。


「ラグド砦《とりで》を奪還する……!? 本気で言っているのかい、チェルシー!」

ある日の夜、チェルシーから他人には聞かせられない話があると言われ、ロイドはクローズ家にやってきていた。エドガーの書斎で聞かされた話にロイドは唖然として目を見開く。

「はい。こんなこと冗談では言いません。それに、ただの冗談のためにわざわざ軍務卿にまで声をおかけするわけにはいきませんよ」

「ええ、その通りです、ロイド殿下。娘の言葉に嘘はありません」

チェルシーだけでなく、その隣に座るエドガーも頷きを返す。

この場にいるのは四人。

ロイド、チェルシー、エドガーに加えて、がっしりとした体格の男性が椅子に座っている。ラルフ・ルードマン――軍務卿と呼ばれた通り、この国の軍事を司る人物だ。

彼は軍を指揮する権限を持たないが、軍を指揮する将軍たちに指示することができる。実質的な軍の舵取り役である。

「ラグド砦《とりで》は帝国に占領されている。それを奪い返そうとすれば争いが起こる。最悪、戦争になるかもしれない」

「しかし、実行する価値のある行動です」

否定的な雰囲気のロイドに、チェルシーは説明を続けた。

「本来は我が国の防波堤であるラグド砦《とりで》を取り戻せば、大きな功績になります。その指示を出したとなればロイド様の評価は大きく上がり、再び王太子に返り咲くこともできるでしょう」

「王太子に返り咲く……？　僕が？」

「はい。その通りです」

チェルシーの目的はもちろんそれだ。ロイドの功績を作り、再び王太子にする。そのために父と懇意でもある軍務卿に根回しして協力を取り付けたのだ。

ラグド砦《とりで》に目をつけた理由の半分は、メイナード領に嫁いでいったティナへの嫌がらせである。

ロイドは自嘲気味に笑った。

「……悪いけど、僕にはもうその気はないよ。デールは僕よりずっと立派だ。彼こそが次の王になるべきなんだ」

「では、ロイド様は軍務卿をはじめとする、多くの支持者を切り捨てるおつもりですか？」

「――え？」

突き刺すようなチェルシーの言葉に、ロイドは目を見開く。

そんなロイドにチェルシーは淡々と続ける。

「デール様は少し前までただの第二王子でいらっしゃいました。現在要職についている方々の中に懇意の方は多くありません。おそらく国王になればすぐ、それらのポストを自派閥の貴族で固めるでしょう」

「……」

「そうなれば軍務卿だけでなく、ロイド様を支持している多くの貴族はみな今の立場を失うことになります」

「それは……」

苦しむようにロイドが呻《うめ》き声《ごえ》を上げる。

王太子の立場というのは重い。それはロイド個人の問題ではないのだ。

それを捨てることは、今まで自分を支えてくれた支持者たちを裏切るのと同義だ。

（……もう一押しかしら？）

チェルシーはさらに言葉を重ねる。

「それに、ラグド砦《とりで》を取り戻せば、メイナード領の人々は安心して暮らせるようになります。砦《とりで》を奪われてからは目に見えて帝国からの侵攻も増えていますから。ウォルフ様が頑張って追い返してはいますが、それもいつまでもつやら」

「――」

息を呑むロイド。

その内心で天秤が傾くのをチェルシーは確かに感じた。

（こういうのに弱いのよねー、ロイド様って。甘っちょろいから国民のためって言っとけばすぐ心が揺れる）

心の中でほくそ笑むチェルシーの予想通り、ロイドはしばらく悩んだのちに力なく頷いた。

「……わかった。やるよ」

「ありがとうございます！　ですが、いくら軍務卿が協力してくださるからといっても、このままでは成立しません」

「わかってる。父上には僕から話を通しておくよ」

ロイドの瞳には意志が燃えていた。

臣民のために動くという正義の炎だ。平和を願うその心が利用されていることに、彼は気付かない。

▼

「……！」

密談が交わされる書斎の扉を背に、一人の少女が顔を青ざめさせる。

書斎を通りかかったプラムは、たまたま一連の会話を聞いてしまったのだ。

(戦争。戦争を起こすって言ったの？　チェルシーお姉さまがそんなことを……？)

亡き祖父に懐いていたプラムは、いずれ領地を継ぐかもしれない人間の一人として、戦争について教わっていた。大勢の人が死んでいくおそろしいものだと。しかもメイナード領という言葉も聞こえた。そこは確か、ティナが嫁いでいった場所ではなかったか。

(どうしよう、どうしよう、どうしよう。戦争が起こるの？　ティナお姉さまのいるところで？)

プラムは動揺し、よろめいた拍子に足音を立ててしまう。

「——誰かいるの!?」

「！」

書斎の中からチェルシーの声が聞こえた。プラムは咄嗟《とっさ》にその場を離れる。足音を立てず、通路の曲がり角の向こうに隠れる。幸い書斎の中から誰かが出てくることはなく、プラムが聞き耳を立ていたことがばれることはなかった。

そのまま屋敷にいる気にはとてもなれず、プラムは外に出た。

（……誰かに、伝えないと。でも誰に……？）

考えがまとまらない。戦争というおそろしい単語にプラムは軽いパニックを起こしていた。誰かにこのことを伝えなくてはと思いながらも、そんな相手は思いつかない。ふらふらと屋敷から離れてあてもなく歩く。

やがて賑やかな商業区に着いた。ドレス姿のプラムが一人でいるとひどく目立ち、通行人が好奇の視線を送ってくる。不意にプラムの肩を誰かが叩いた。

「っ!?」

「あなた、どうしたの？　誰かと一緒じゃないの？　こんな場所に綺麗な身なりの子が一人でいたら、怪しい人にさらわれてしまうわ」

「ミランダ。残念ながら今の僕たちこそ、そういう怪しい人に見えるんじゃないかな。変装しているわけだし」

「……確かに、そうかもしれませんね」

プラムに声をかけてきたのは一組の若い男女だった。絹糸のような美しい銀髪の女性と、笑みを浮かべる穏やかそうな金髪の男性。二人とも物腰は優雅で貴族らしいのに、服装は道行く一般市民に近い。

「どちらさま、でしょうか……？」

おどおどと尋ねるプラムに男性のほうが苦笑すると、周囲の視線を確認したあと、懐から指輪を取りだす。そこにはプラムでもわかる紋章が刻まれていた。王家の紋章だ。

「僕はデール・ユーグリア。この国の第二王子だ。こっちは婚約者のミランダ・マクファーレン」

「えっ!?」

「大きな声は出さないでくれると嬉しい。……最近大きな仕事が片付いたから、今は大好きな人とお忍びでデート中なんだ」

「……」

デールの言葉に理知的な印象だった銀髪の女性――ミランダがわずかに頬を赤くする。なんだかよくわからないが、この人たちは嘘を吐いていなそうだ、とプラムは混乱する頭で判断した。プラムはひとまずはるかに身分が上の二人に、控えめなカーテシーで挨拶《あいさつ》する。

「ぷ、プラム・クローズです」

「……クローズ、か。複雑な感想を抱いてしまうな」

デールは婚約者のミランダからチェルシーの悪行を聞いている。同時にティナが優しい女性であることも知っている。ただし、プラムについてはよく知らない。

一方デールの隣にいるミランダはプラムについて、あまり快く思っていない。チェルシーと一緒になってティナをいじめていたことを知っているからだ。

けれど、そんなミランダですら心配になってしまうほど、今のプラムの顔色は尋常ではなかった。

プラムは意を決したように話しだす。

「お、お話があります。デール殿下に、お伝えしないといけないことが。チェルシーお姉さまとロイド殿下がうちの屋敷で怪しい会話をしていたんです。ラルフ様やお父さまも一緒になって」

「ラルフというのはラルフ・ルードマン卿のことかい？」

「はい」

デールとミランダの表情が変わる。軍務卿ラルフ・ルードマンの名前は当然二人も知っている。

「プラム。今から僕たちは馴染みの店で食事をするところだったんだ。よければそこで詳しい話を聞かせてほしい」

「は、はい」

プラムを伴って二人は街中を移動し、路地裏のカフェに入る。いわゆる隠れ家風の店で、品のよい内装と人の少なさから、デールとミランダがお忍びで街歩きをする際の定番の場所となっていた。隅の席につき注文を済ませると、店主に聞こえない程度の声量で改めてプラムから話を聞く。

「――ということなんです」

プラムが話し終えたとき、デールとミランダの表情は深刻きわまりないものになっていた。

「……そうきたか。その可能性は考えたけど、ここまで速いとは思わなかった。おそらく提案したのはチェルシー嬢だろう。彼女の執念を甘く見ていた……」

ぶつぶつと呟くデール。彼はプラムの言葉をただのデタラメとはとらえていなかった。むしろ納得した。ロイド派の貴族が近頃妙な動きを見せていること自体は把握していたからだ。

「申し訳ありません、デール様。彼女の訪問時に私が対応を誤ったから……」

「王太子が変わるという報せがあった直後のことかい？　きみの友人《フェリア》のことを考えれば、嘘でも友好的になれとは言えないよ。それに王太子の座を返すつもりはないから、どのみち衝突は避けられなかった」

デールは立ち上がった。

「ミランダはプラム嬢の保護を。僕たちが動けば、チェルシー嬢やクローズ卿は情報源に気付くだろう。適当な理由をつけて屋敷に滞在させたほうがいい」

「わかりました。デール様は」

「今からでも計画を止められないか手を探すよ。ラグド砦《とりで》奪還は僕も賛成だけど、強引に進めていい話じゃない。……もっとも、取り戻すいい手があるならだけど」

自嘲気味にデールは呟く。彼は有能であり、中堅以下の貴族たちの中には彼を支持する者も多い。しかし要職に就くような歴史の長い名門貴族の多くは、ロイドを支持しているのだ。両派閥の政治的影響力の差を考えれば、すでに動きだしたロイド派貴族の計画を止めるのは不可能に近い。

デールたちがプラムから情報を仕入れた翌日、国王はロイドからの奏上を受け入れた。

デールとミランダはどうにか食い止めようとしたものの、もはや打てる手はなかった。ラルフによって根回しされていた軍は異例なほど素早く動き、ラグド砦《とりで》奪還の計画はすでに引き返せないものになっていた。

――そして、現在に至る。

▼

ラグド砦《とりで》奪還の勅令。

私の誕生日パーティーの日に届いた手紙によってもたらされた突然の事態。リック少将にも同様の命令書が送られていたようだけれど、詳しいことはなにもわからなかった。少将にとっても寝耳に水の話だったそうだ。

しかも、すでに援軍はこちらに向かって出発しているとのこと。

ラグド砦《とりで》奪還は決定事項であり、現場のこちらに拒否権はないらしい。

なぜこのタイミングなのか。もう少し時間があれば、身体強化を使える兵士たちも増えてくるというのに。

私たちがそんな疑問を抱いて数日、その人物はメイナード領へとやってきた。

ブルーノ・バグウェル大佐。

ラグド砦《とりで》を攻略するための中央からの援軍、実に三千人の指揮官である。

「はじめまして、リック少将閣下。武名はかねがねうかがっております。こうしてお会いできたこと、たいへん光栄に思います」

「丁寧な挨拶《あいさつ》、痛み入りますな。バグウェル大佐」

基地の会議室で形式的な挨拶《あいさつ》が交わされる。

リック少将と向かい合っているのはブルーノ・バグウェル大佐。軍人にしては細身で、眼鏡《めがね》をかけている。愛想のいい優男、という雰囲気だ。

バグウェル大佐がちらりとこちらを見る。

「……それで、この場にどうして部外者が二人も？」

現在この場にいるのは、バグウェル大佐が連れてきた護衛を除けば四人。

バグウェル大佐、リック少将に加えて私とウォルフ様だ。

「メイナード領で軍事行動を起こすなら、領主である俺が無関係であるはずがないだろう」

ウォルフ様が目を細めて言うと、バグウェル大佐はわざとらしく驚いた仕草をした。

「あなたが高名なウォルフ・メイナード公爵でいらっしゃいましたか。『八つ裂き公』の二つ名は自分も知るところです。……しかしこれは軍事の問題。いくら領主といえど、簡単に首を突っこまれては困ります」

「バグウェル大佐。閣下には私が依頼してこの場に立ち会っていただいているのです。過激な言葉は慎んでもらいたいものですな」

リック少将が鋭く言うと、バグウェル大佐は気圧《けお》されたように口を閉じる。それから動揺を隠すように眼鏡《めがね》のブリッジを軽く持ち上げた。

「……失礼しました。ですが、くれぐれも余計な真似はなさらないでくださいね」

口ではそう言っているものの、露骨に歓迎されていない雰囲気だ。軍の中には、軍人を差し置いて武勲を挙げ続けるウォルフ様を嫌う人間がいると聞いている。彼もその手合いかもしれない。

「メイナード卿がいらっしゃる理由は理解しました。では、こちらの女性は？」

バグウェル大佐の視線が今度はこっちを向く。

「閣下の婚約者であるティナ・クローズ殿です。今日の話し合いに欠くことのできない方なので来ていただきました」

「婚約者？　まったく、領主様に加えてその婚約者様とは……これでは軍議もなにもあったものではありませんね」

わざとらしく額を押さえて溜め息を吐くバグウェル大佐。明らかに私を侮っているけれど、今の私の立場や外見を考えれば妥当な反応だろう。

「まあ、時間もありません。まず状況を確認しましょうか。ラグド砦《とりで》を攻略する準備はどの程度完了していますか？」

話を進めようとするバグウェル大佐に対し、ウォルフ様は鋭い視線を向けた。

「待て、バグウェル大佐。その前に事情を説明してもらおう」

「なんのことです？」

「決まっているだろう。この急な勅令についてだ。なぜこのタイミングでラグド砦《とりで》奪還の指示が出た？」

「別におかしなことではないでしょう。ラグド砦《とりで》を取り戻すことは、メイナード領の平和のための必須事項ですからね」

バグウェル大佐の言っていることは正しい。

しかし、問題はそこではないのだ。

「急すぎる、と言っている。こちらに報告するより早く援軍を出発させるというのは普通じゃない。疑問に感じて当然だろう」

ウォルフ様がそう指摘する。

ラグド砦《とりで》は帝国との境界線上にある。そこを奪い返すというのは、下手をすれば帝国との全面戦争の引き金になる可能性すらある。本来なら現地の将校であるリック少将と綿密に打ち合わせてから踏み切るべきだろうに、事前の連絡すらなく援軍を送られるなんて、不自然としか言いようがない。

「……それを聞いてどうするというのです？」

「早急に砦《とりで》を落とす必要がないなら、兵たちの訓練を続けられる。身体強化のな」

バグウェル大佐は疑うように目を細めた。

「身体強化、ですか。確かに報告は受けています。……しかし、とても信じられませんね。身体強化といえば一部の天才のみに許された絶技。訓練すれば誰でも習得できるなんて話は聞いたことがありません」

ここで身体強化の訓練をしていることは報告されているにもかかわらず、バグウェル大佐はそれを信じていない様子だ。これでは話が進まない。

「だいたい身体強化の訓練方法など、どうやって知ったのです？　軍の記録にもないというのに」

「そこにいるティナ殿が教えてくださったのですよ。そうですね……少々お待ちください」

「はぁ……？」

困惑したような顔をするバグウェル大佐を放置し、リック少将は会議室の扉を開け、外で見張りに立っていた兵士に何事か指示を出す。兵士がすぐさま駆け出し、数分かけて戻ってくると、入り口付近で待っていたリック少将になにかを手渡した。満足そうにこちらに戻ってくるリック少将。その手には兵士がわざわざ兵士に外まで取りに行かせたであろう、こぶし大の石がある。

「では、ティナ殿。こちらを」

この石を……どうしろと？　一瞬疑問に思ったけれど、すぐに理解する。

つまりこれをああすればいいわけですね？

「婚約者様が身体強化の方法を教えた？　ははっ、まったくなにを言っておられるのやら！　そんなことができるはずが――」


ゴキパキビシッ！


「すみません少将殿。石の破片で会議室の床を汚してしまいました」

「いえいえ構いませんとも。あとで掃除をさせておきましょう」

「……ッ!?」

私が素手で石を握りつぶしたのを見て、バグウェル大佐が絶句した。

「見ての通りです、バグウェル大佐。ティナ様は身体強化について精通しておられます」

「そ、そそ、そのようですね。ま、まあ、この基地の兵士たちが身体強化を使えるようになっているかは、またあとで確認させていただきますが」

リック少将の言葉に声を震わせて応じるバグウェル大佐。

これで私が身体強化を使えることや、身体強化の訓練方法を知っていることについても多少は説得力が増したことだろう。

ズレた眼鏡《めがね》を指で戻しながらバグウェル大佐が言う。

「……し、しかし、それならなおさらラグド砦《とりで》奪還を遅らせる理由はないでしょう。こちらはもともと身体強化などなくとも砦《とりで》を落とせると考えています。そこにさらに身体強化を使える兵が加わるなら、まさに盤石《ばんじゃく》ではありませんか」

……そういう考え方をしてきますか。

バグウェル大佐の言葉にウォルフ様が応じる。

「身体強化の習得には時間がかかる。まだ実戦レベルでない者も多い。砦《とりで》を攻める前に、彼らには十分な訓練を積ませたほうがいい」

「なにも全員が身体強化を使える必要はないでしょう？　使える者は使う。使えない者は通常の兵士として戦う。なにも問題ないではありませんか」

「……あくまで日程を遅らせるつもりはないと？」

「その通りです。兵は拙速《せっそく》をよしとするものですから」

「……」

ぎり、とウォルフ様が奥歯を噛みしめる音が響いた。

バグウェル大佐はそれに気付かず言葉を続ける。

「第一、なにが不満だと言うのです？　ラグド砦《とりで》を取り戻せばメイナード領の治安は安定します。そのことにどんな文句が――」

「――無駄死にが増えるからに決まっているだろうが！　なぜそんなことがわからない！」

バグウェル大佐の胸倉を掴み、室内が震えるほどの声量でウォルフ様が吠えた。

会議室が静まり返る。

私がウォルフ様と知り合って数か月経つ。それなりにいろんな表情や仕草を見てきたつもりだ。けれど、こんなウォルフ様を見るのは初めてだった。

こんな、取り乱したような表情のウォルフ様の姿は。

ウォルフ様の言っていることもわかる。あと一か月もあれば、身体強化を使える兵士たちがぐっと増えるだろう。そうなれば戦力は圧倒的に増し、犠牲も少なく済む。

本来であればそうやって準備を整えてから始められたはずの砦《とりで》攻略戦が、いきなり送られてきた援軍のせいで前倒しになる。訓練時間が確保できず、それによって犠牲が増えるとしたら、確かに無駄死にと呼べるかもしれない。

バグウェル大佐が口を開く。

「あ、あなたがなんと言ったところで、これは国王陛下が下されたご命令です。今さらそれが覆ることはありません」

「……」

「どうしようもないことを話すより、ラグド砦《とりで》を落とす具体的な算段を立てるほうが賢明だと思いますが？」

勅令を盾にされれば、ウォルフ様も黙るしかない。リック少将も同じだ。

結局、この状況になった時点で話し合いの余地などない。

沈黙したウォルフ様を満足そうに眺めてから、バグウェル大佐は言った。

「まあ、どのみち今日は単なる顔見せに過ぎません。具体的な話はまた明日にでも。それでは」

そう言い残して去ろうとするバグウェル大佐の背中に、私は声をかけた。

「大佐殿。一つお聞きしたいことが」

「な、なんでしょうか？」

バグウェル大佐は微妙に表情を引きつらせながら振り返る。どうもさっき身体強化の実演がてら岩を握り潰したのが尾を引いているようだ。

「大佐殿は帝国兵と戦った経験はおありですか？」

「ありませんが、それがなにか？」

「では、今回お連れになった兵たちは大型の魔物と対峙した経験は豊富ですか？」

私が聞くと、バグウェル大佐は馬鹿にするように笑った。

「軍というのは魔物討伐を専門とする部隊と、対人戦闘を専門とする部隊に分かれています。砦《とりで》を奪い返すのですから、連れてきたのは当然対人戦闘の訓練を積んだ兵士たちですよ。指揮官も優秀な者を連れてきました。心配無用です」

そう言い、バグウェル大佐は今度こそ会議室を出ていった。

……どうもあの人物、油断しているように思えてならない。本当に大丈夫だろうか。

「……」

「ウォルフ様？」

「……いや、なんでもない」

去っていくバグウェル大佐の背を、ウォルフ様が睨《にら》むような眼差しで見ている。その視線が妙に印象に残った。

▼

すべてを失う瞬間を覚えている。

その日は両親とともに、国境を守る砦《とりで》を訪れていた。メイナード公爵家当主である父はその場を預かる将校と会議に向かい、母もそれについていった。

俺はというと、兵士たちに稽古をつけてもらっていた。

剣は得意だ。しかし現場の兵士たちからすればまだまだ子供のレベルに過ぎず、模擬戦では一本も取れない。

なにくそと挑戦を繰り返すうち、時間はすぐに過ぎていく。

そして、唐突に地面が揺れた。

直後に地面を突き破って怪物が現れる。それがどんな外見の怪物だったのか、すぐには把握できなかった。大きすぎたからだ。

怪物は巨大な口を開き、兵士たちを食い殺し始めた。悲鳴が連鎖する。

追い打ちをかけるように、軍靴《ぐんか》の音が砦《とりで》を登ってくる。

現れたのは、砦《とりで》の中の兵士たちとは違う色の鎧《よろい》をまとった、帝国の兵士たち。

そこからは最悪だった。怪物によって混乱に陥っていた砦《とりで》の兵士たちはろくに抵抗もできないまま惨殺された。砦《とりで》の中には大量の死体が転がった。

俺はその場にいた兵士に逃がされ、命拾いした。

俺だけは、生き残ることができた。

父は死んだ。自分にも他人にも厳しかった父は、建物から出てきたところを怪物に食い殺された。

母も同じく死んだ。俺を逃がす際、追ってきた怪物の前に立ちはだかり、盾になって噛み砕かれた。

その光景は一生忘れない。忘れられるはずがない。

恨みはなく、決意だけが残った。

こんなことは二度とさせない。未熟だった自分を許すな。力をつけろ——大切なものを守るために。

そう誓った。

今から十二年前。

ラクド砦《とりで》が陥落した、その夜のことだった。

▼

バグウェル大佐がやってきてから数日で、ラグド砦《とりで》攻略の準備は整えられた。

勅令がこちらに届いたのはバグウェル大佐が到着する一週間前だ。納得はしていなかったにしろ、ウォルフ様とリック少将が適切に準備を進めていた。バグウェル大佐が来てからすることは簡単な確認作業がほとんどで、移動で疲れた援軍の兵士たちが休息を取れば、すぐにでもラグド砦《とりで》を攻められる状態にしていたのだ。

「ティナ様、少々よろしいでしょうか」

攻略を明日に控え、緊張が漂うメイナード邸の廊下で、私はイアンさんに話しかけられた。

「イアンさん、どうかしましたか？」

「ティナ様とウォルフ様宛てにお手紙が。差出人はミランダ・マクファーレン様です」

「ミランダ様から？」

私はイアンさんから手紙を受け取った。ウォルフ様宛てでもあるようだけれど、宛名に私の名もあるのなら私が開けてしまっても構わないだろう。

内容を読み、私は溜め息を吐いた。

「溜め息を吐くような内容だったのですか？」

「……そうですね。この作戦がいきなり始まった経緯が書かれていました。確実な証拠はないようですが、私の姉や父が原因の一部だとも」

イアンさんは顎に手を当てて、少し考えるような素振りをする。

「なるほど」

「今の言い方で伝わったんですか？」

「チェルシー様はロイド殿下の婚約者。そして最近ロイド殿下からデール殿下に王太子が代えられました。チェルシー様やそのお父上はロイド殿下を再び王太子にするため、ラグド砦《とりで》奪還という功績を挙げようと考えたのですね。クローズ卿は軍務を預かるルードマン卿と懇意だと聞きますから、実現は可能でしょう」

「まさか本当に伝わっているとは思いませんでした」

おそろしいまでの理解力だ。さすがはウォルフ様がスカウトした頭脳の持ち主。

手紙の内容はイアンさんが言った通りのもので、この計画が始まった原因がチェルシーやエドガーの暴走である可能性が高いというものだった。荒唐無稽《こうとうむけい》な話ではあるけれど、腑に落ちた。

チェルシーがやられっぱなしで終わるなんてありえないというティナとしての感覚と、戦争は権力者のくだらない欲望が引き金になるというシルディアとしての経験則だ。

……くだらない。こんなことで兵士に命を懸けさせるなんて。

手紙によれば、情報源はプラムだそうだ。現在プラムはマクファーレン家で保護されているらしい。一体向こうでなにがあったんだろう。私は手紙を閉じて言った。

「この話、ウォルフ様には伝えるべきではないでしょうね。少なくとも今は」

「明日は砦攻《とりで》めだから余計な負担をかけたくない、ということですか？」

「はい。それに、今のウォルフ様は……なんというか、様子がおかしいですから」

最近のウォルフ様はピリピリしている。それは重大な戦いの前だから、というだけでは片付けられないような気がした。

「イアンさんはなにか知っていますか？」

「申し訳ございませんが、なにも。ウォルフ様は弱みを見せようとしませんからね」

「そうですか。……では、ウォルフ様の居場所は？」

「先ほど中庭にいるのを見かけましたよ」

「ありがとうございます」

廊下の先に進もうとした私の背に、イアンさんが声をかけてきた。

「ウォルフ様のこと、お任せします」

「……」

「今のウォルフ様に言葉を届けられるのはティナ様だけです。あの方が自らの傷を見せられるとすれば――支えられることを受け入れられるとすれば、それは婚約者であり、ウォルフ様の中で大きな存在になりつつあるあなたしかいないのです」

「イアンさんはウォルフ様のことが心配なんですね」

私が問うと、イアンさんがふっと笑う気配がした。

「まさか。兵士の士気の心配ですよ。腑抜けた状態のバ閣下では神輿《みこし》にもなりませんから」

「……ふふ、そういうことにしておきます」

苦笑しながら私はその場をあとにした。


目当ての人物は中庭で剣を振っていた。

美しい型ではあったけれど、迫力に欠けている。集中していないのが見てわかった。

「こんばんは、ウォルフ様」

「……ティナか」

「今日は早く就寝したほうがいいと思いますが」

「どうせたいして眠れん。剣でも振っていたほうがマシだ」

「では、私も付き合います。一人でやっていても退屈でしょう」

「……」

どうせこんなことだろうと木剣を持ってきている。模擬戦の相手は今すぐでも可能だ。

ウォルフ様は特に拒否しなかった。

「いきますよ」

私のほうから踏みこんで木剣を振るう。

ウォルフ様はそれを防御しようとするけれど、普段よりも明らかに反応が鈍い。数回打ち合うと、私の剣はあっけなくウォルフ様の剣を弾き飛ばした。

「くっ……」

今の私とウォルフ様の実力に大きな差はない。ここまで短時間で決着がつくのは珍しいことだ。

「剣に迷いがあります」

「……」

「こんな状態で戦に臨むつもりなら、私はあなたを止めなくてはなりません」

バグウェル大佐との話し合い以降、ウォルフ様からは余裕が無くなっていた。

それでも実力を発揮できるなら問題はなかった。しかし今の模擬戦ではっきりした。ウォルフ様は現在、明らかに本調子ではない。

私は木剣を持っていないほうの手でウォルフ様の手を取った。

「ウォルフ様、なにかあるなら話してください」

「……」

「それとも、私では頼りになりませんか？」

私で力不足だと言われてしまえば、それまでだ。

しかし、ウォルフ様は苦笑してこう言った。

「……お前にはかなわんな。そう言われては話すしかなくなるだろう」

そう告げたウォルフ様の表情は、少しだけ――本当に少しだけ、弱々しく映った。

「俺はかつてラグド砦《とりで》が帝国に落とされたとき、その場にいた」

ウォルフ様はそう切りだした。

ラグド砦《とりで》が帝国に落とされたときというと……

「十二年前のこと、でしたか」

「そうだ。ティナ、お前は『魔物兵』について知っているか？」

「はい。帝国兵が使う、兵士化された魔物のことですよね」

魔物兵とは、特殊な製法で編まれた首輪を用い、人間に隷属させた魔物のことだ。

魔物兵は人間の命令に従って動き、敵の兵士だけを攻撃する。私の前世の時代では、帝国兵と戦う際は、必ず事前に魔物を討伐する演習が課された。魔物兵は普通の敵とは違う。兵士たちにもある程度の心構えが必要なのだ。

「難攻不落のラグド砦《とりで》が落とされたのは、ある魔物兵が投入されたからだ」

ウォルフ様は吐き捨てるように続ける。

「……それはどのような？」

「全体像は見えなかった。大きすぎたからな。黄土色の皮膚と、何人もの人間をまとめて食い殺せる巨大な口があったことしかわからない」

「……」

「そいつはいきなり地面から現れて、周囲にいた兵士たちを丸呑みにした。砦《とりで》の中は大混乱に陥り、その隙に帝国兵が乗りこんできた。砦《とりで》が落ちるのは一瞬だったよ」

ラグド砦《とりで》がかつてどうやって帝国に攻略されたか、気にはなっていた。あんな高地にある砦《とりで》が簡単に落ちるとは思えなかったから。……まさか足元からの不意打ちとは。

魔物兵以外には実行不可能な戦術だ。おそらく帝国の隠し玉だったのだろう。いくら魔物を従える技術があるからといって、砦《とりで》をかき乱すような強力な魔物兵を何体も用意できるはずがない。

「あの場から逃げだせたのは俺だけだ。少なくとも両親や砦《とりで》の管理者が食い殺されたのはこの目で見た。他の兵士も殺されたか、帝国で捕虜になっているのだろう」

大きな感情を噛み殺すように、ウォルフ様の声がわずかに揺れる。

「ラグド砦《とりで》は俺にとって悪い意味で特別だ。あのときのことは今でも鮮明に覚えている」

「ウォルフ様……」

「死ぬのが怖いわけじゃない。だが、死なせるのが怖い。俺が指示を間違えたら、大勢の兵士たちが命を落とすだろう、あのときのように。……そう考えると、冷静でいられなくなる」

ようやく私は、ここ最近のウォルフ様の様子がおかしかった理由がわかった。

ウォルフ様にとって、十二年前のラグド砦《とりで》陥落はトラウマなのだ。そのときの記憶が彼を蝕《むしば》んでいる。かつての惨劇を繰り返すことを恐れているのだ。

「戦争は一人でやるものではありません。責任はウォルフ様だけにあるわけではありませんよ」

「……わかっている」

「それでもまだ不安だと言うのなら、私もあなたの重荷を半分受け持ちます」

「なに？」

本来、私の立場で今回の作戦に関われることはない。

しかし、身体強化を兵士に習得させた人間として、私も軍議に参加するよう要請されている。決して無関係ではない。

望めばウォルフ様の手助けができる場所に、私はいる。

「一人で背負いきれないものでも、二人なら違うはずです。そうでしょう？」

「……」

「困っているなら頼ってくれればいいのです。これでも一応、婚約者なのですから」

ウォルフ様はしばらく呆然と私を見ていた。なにを言われたのかよくわかっていないようだ。しかし、やがて苦笑を浮かべて――

「本当に、お前は変わり者だな」

なぜか私の頭にその大きな手を置き、ぐしぐしと撫でてきた。

「ちょっ、ウォルフ様、なにを」

「普通はそんなこと言わんぞ。男が弱音を吐いていたら幻滅するものだろう」

「い、戦を恐れるのも、人を殺めることを忌避するのも、人間として当然のことだと――ああもう、そろそろ手を離していただけませんか！」

「おっと」

私が頭に置かれた手を振り払うと、月明かりに照らされたウォルフ様の顔が見えた。

その表情にさっきまでのような暗さはない。

「手間を掛けさせて悪かったな。もう問題ない」

穏やかな声だった。数日ぶりに聞く、いつものウォルフ様の声だ。

「……そうですか。それはなによりです」

「もう寝る。お前ももう寝ろ、ティナ。明日は早いぞ」

「わかっています」

そんなやり取りを最後に、私たちは別れる。

いよいよ明日はラグド砦《とりで》に挑む。

成功すれば、きっとウォルフ様を苛んでいる悪い記憶も薄れるだろう。

(……私も、できることをやりましょう)

決意を新たに、私は自室に戻るのだった。

第八章

ラグド砦《とりで》を攻略するため、兵士たちは隊列をなして進んでいく。

基地からは七千、そこに援軍三千を加えた一万人での進軍だ。砦《とりで》一つを落とすにはどう考えても過剰戦力に見えるけれどこれで正しい。

ただでさえ高所の砦《とりで》は落とすのが難しい。そのうえ手間取れば増援を呼ばれてしまう。

まずは砦《とりで》を包囲し、できるだけ素早く攻撃をかけるのが上策だ。

砦《とりで》に近付いたところで行軍停止。

別行動の部隊は本隊を離脱し、本隊では部隊別に分かれる、天幕を張るなどの準備が素早くおこなわれる。

建てられた司令部用の天幕の一つに、私はウォルフ様とともに足を踏み入れる。

「な、なぜあなたがここにいるのです⁉」

「ごきげんよう、バグウェル大佐」

すると、眼鏡《めがね》をかけた援軍の指揮官、バグウェル大佐に驚かれた。

まあ、だいたい想像通りの反応だ。

「この場がどれだけ厳粛なものか理解していないようですね！　あなたのような素人に気軽に踏み入れられては困ります！　だいたいあなたは部外者でしょう！」

そうまくしたててくるバグウェル大佐。

反論するのも面倒なので、私は奥に座っているリック少将に視線を送る。すると、リック少将は立ち上がってこちらに来た。

「大佐殿。ティナ様は、身体強化の習得訓練における監督者です。戦いの際、身体強化を習得した兵士たちになにか異常があったときに対応してもらいます。現状、彼女ほど身体強化を熟知した人物はおりませんから」

「ですが……」

「バグウェル大佐。リック少将の言葉を疑うなら、また私が身体強化の扱いに長けていると証明しましょうか？」

私が片手でなにかを掴むような仕草を見せると、バグウェル大佐はさっと顔を青ざめさせた。自分の手が握りつぶされる光景でも想像したんだろうか？

なんにしても、バグウェル大佐は大人しくなった。なによりだ。

「リック少将。いよいよだな」

私の隣からウォルフ様がリック少将に話しかける。

「ええ。我々もこの日を待ち望んでおりました。……しかし、失礼ながら申し上げますが、いい顔になられましたな」

「顔？　なんの話だ？」

「近頃、閣下はなにやら思い悩んでおられたようですからな。今日の閣下からはそういったよくない気配が抜けておるようです」

ウォルフ様は私をちらりと見た。それからにやりと不敵に笑う。

「心配は無用だ。昨日婚約者に、模擬戦で徹底的に打ちのめされて目が覚めたからな」

「……ウォルフ様、悪意のある言い方はやめてもらえますか」

思わず口を挟んでしまう。あれはウォルフ様が集中力を欠いていたからだ。

リック少将はそれを聞いて笑った。

「ははは、仲がよさそうでよろしいですな！　……と、そろそろ将校も集まってまいりました。それでは本日の作戦について、最後の確認をするとしましょう」

その一言で場の空気が変わる。張り詰めた空気が天幕の中に満ちる。

いよいよ始まるのだ。

ウォルフ様にとって悲願ともいうべき戦いが。


砦《とりで》攻略の序盤は、まず敵陣を包囲するところから始まる。

「敵の反応はまだありませんな」

「こっちの侵攻に気付いてないはずがないから、籠城するつもりだろう。俺が指揮官ならそうする」

天幕の外に出て相手の動きを見つつ、リック少将とウォルフ様がそんなやり取りをする。

ラグド砦《とりで》からすれば、こっちの軍を積極的に退ける必要はない。援軍が来るまで待てばいいのだ。

おそらくすでに帝国側に連絡していることだろう。

向こうの増援が来るまでに砦《とりで》を落とせればこちらの勝ち、できなければこちらの負け。

実に単純だ。

問題は、この砦《とりで》はその単純な勝負に過去一度――帝国兵に侵略されたとき以外、負けなしということ。

「砦《とりで》の上には矢を構えた兵士が並んでいますね。魔石砲は……正面には二十門見えます。弾も十分に積まれていますし、やはり向こうも迎撃の備えは万全のようです」

私が言うと、リック少将とウォルフ様がきょとんとした。

「……なぜそんなことがわかるのです？」

「そうだ。まだ斥候《せっこう》も帰ってきていないだろうに」

「身体強化で視力を上げただけですが……このくらいの距離なら肉眼で見えますよ」

身体強化というのは、なにも腕力や脚力を上げるだけではない。その気になれば五感も強化できるのだ。もっとも感覚の強化は繊細な魔力コントロールが必要になるので、扱いは難しいのだけれど。

「そうでした。この方はティナ様でしたな」

「ああ。今さら『視力を上げる身体強化なんて聞いたことがない』なんて常識を語ったところで虚しいばかりだ。こいつがあると言うんだからあるんだろうな」

どうして私は半ば呆れたような視線を向けられているんだろう。

そうこうしているうちに各所からのろしが上がる。

包囲が完了したのだ。

「では、総攻撃をかけましょう。時間を無駄にはできません」

当然のように言うバグウェル大佐に、リック少将がやや呆れた視線を向ける。

「……大佐殿。それは作戦内容とは違いますな」

「それがもっとも確実なはずです！　あんな方法、上手くいくはずがありません！」

事前に伝えていた作戦に今さら否定的な態度を取るバグウェル大佐に、ウォルフ様も肩をすくめる。

「このまま攻めたところで、大砲に兵士たちを大きく削られるのが目に見えている。高所から低所に向けられた砲のおそろしさは知っているだろう？」

魔石砲の運用として、高い位置に陣取って上ってくる敵兵を撃ち続ける場面がもっとも強力だ。砦《とりで》に登っていく兵士たちは、一方的に魔石砲の的にされてしまう。

「そのための頭数です！　兵が削られようとも、最終的に敵陣を落とせれば問題ないでしょう！」

「その定石《じょうせき》で突破できないから、ラグド砦《とりで》は難関たりえる。いいから黙って見ていろ」

「し、しかし、いくらなんでも無謀です——ただの『投げ槍』で突破口を開くなど！」

バグウェル大佐の言葉に、ウォルフ様はちらりと私を見てくる。

大丈夫です、という意味をこめて頷きを返す。

まずは、待ち構えているあの大砲を先に処理しなくてはならない。

そのために私たちが考えた方法は投げ槍を使うこと。しかし、単なる物理的な攻撃ではない。

「始めさせろ！」

リック少将の声が響く。

（……頼みましたよ、アニー）

私が内心で念じた直後、こちらの陣地でひときわ高い位置から一本の槍が飛ぶ。それは流星のようにまっすぐ空を切り裂いて、ラグド砦《とりで》まで届き――

カッ！　と激しい光とともに、込められた氷の魔力を解き放った。

大砲が並べられた砦《とりで》の手前部分が、吹雪《ふぶき》でも吹いたかのように凍り付く。

身体強化で視力を上げて確認すると、正面にある敵の大砲二十門のうち、三分の一近くが使用不能になったようだ。砲兵たちも体のあちこちが凍り、混乱が起こっている。

「……は？」

バグウェル大佐が呆然としたように呟いた。

「今だ！　攻めこめぇぇぇぇぇぇぇッ！」

指揮官が叫ぶと、それに合わせて兵士たちが勢いよく砦《とりで》へ続く坂道を駆け上がる。敵が混乱している今こそ、突撃のための絶好の機会だ。

「ば、馬鹿な！　ただの投げ槍であの距離を届かせるなど……!?　ティナ・クローズ！　これはどうなっているのですか!?」

親しくない私を呼び捨てにするほど取り乱し、バグウェル大佐が詰め寄ってくる。彼の問いかけに私は淡々と応じた。

「『魔術武技《マジックアーツ》』ですよ。事前に作戦内容を伝えてあったはずでしょう」

魔術と身体強化を合わせた『魔術武技《マジックアーツ》』は、鍛《きた》えれば大規模魔術に匹敵する威力を出せる。

アニーの『魔術武技《マジックアーツ》』は、槍をぶつけた相手を周辺ごと凍り付かせるというもの。一日一度しか使えないほど消耗の激しい技ではあるけれど、敵にとっては予想もしていない一撃だ。それによって先制攻撃し、敵をパニックに陥らせてから打ってでるというのが今回の作戦である。

「こんなものが現実なわけがない！　なにか魔道具でも使ったのでしょう⁉」

「敵が詰めている砦《とりで》に仕掛けを施すなんて真似ができるはずないでしょう」

「し、しかし！」

なおも言い募ろうとするバグウェル大佐の肩を、後ろからリック少将が掴んだ。

「バグウェル大佐。そろそろ配置についてもらえますかな。戦いはすでに始まっております」

「ぐっ……仕方ありません。ですがこの程度でいい気にならないでいただきたい！　戦いはまだ始まったばかり！　砦《とりで》攻略においてもっとも華々しい戦果を挙げるのは私の部下たちです！」

そう言い捨てて、バグウェル大佐は天幕を出ていった。

「前々から思っていたが、妙に不安が残る指揮官だな」

「……一応、バグウェル大佐の部隊は注意して見ておきましょうか」

「そうだな。頼んだ」

ウォルフ様と私は頷き合った。


戦いは順調だった。

正面で大砲をいくつも壊したことで、敵は他の位置にある大砲を正面に移動させざるを得なかったようだ。その隙をつき、大砲の減った左右、後方からも他の部隊が突撃を仕掛ける。その主役となっているのは身体強化を習得した兵士たちだ。

「リック少将。身体強化が使える兵士は何人だ？」

「三十人ほどです。『魔術武技《マジックアーツ》』に関してはアニー・ハリス二等魔術兵のみですが」

「三十人……随分増えたな」

「若い、女性のハリスに負けたくないと奮起した者が多かったのでしょう。時間さえあればもっと多くの兵士がこれを習得できたはずだというのに……」

悔しそうにリック少将が言う。それについては私も全面的に同意だ。

「順調なのは結構なことだが、帝国兵も馬鹿の集まりではない。そろそろ動くだろうな」

戦況がこちら優位に傾いたことで、帝国兵たちの動きが変わる。


『――グルルァアアアアアアアアアアアアッッ!!』


前線から離れたここまで響くほどの咆哮《ほうこう》が上がった。

砦《とりで》から三体の巨大な魔物が現れる。首の長い、四足歩行の竜だ。頭部は兜で守られ、首元には特徴的な拘束具がつけられている。

「……出たな、魔物兵」

ウォルフ様が忌々しそうに呟く。

どうやら苦境に立たされた帝国兵は、奥の手である魔物兵を投入することに決めたらしい。砦《とりで》を落とすにはあの三体の竜を倒す必要がある。

身体強化を習得した兵士たちを中心に、メイナード領の兵士たちが三体のうち二体を受け持つ。そして残り一体はバグウェル大佐の部隊が担当する。これは事前の軍議で決まっていた動きだ。ラグド砦《とりで》の中に魔物兵がいるとすれば三体までだろうと、リック少将やウォルフ様が読んで、そういう方針を決めていた。

想定していたことなので、メイナード領の兵士たちに大きな動揺はないはず。唯一不安があるとすれば――

「バグウェル大佐の部隊は大丈夫でしょうか」

「ここから見る限り、やつの指揮下にある兵士たちだけは魔物兵に取り乱している様子だな」

「ウォルフ様も見えているのですが？　視覚の強化はできなかったのでは」

「たった今できるようになった」

「才能の塊ですね……」

呆れてしまう私。まあ『魔術武技《マジックアーツ》』のこともあるし、ウォルフ様なら驚くほどでもないのかもしれない。

遠くから見ている私たちにも、旗色の悪さが見て取れた。バグウェル大佐の部隊は魔物兵にあっという間に隊列を崩され、混乱が広がっている。

無理もない。顔合わせの際、バグウェル大佐は彼の部下について「対人戦闘を専門とする部隊」と言っていた。おそらく魔物との戦いには慣れていないんだろう。

まして、帝国の魔物兵はただの巨大な魔物ではなく、高度な調教を施された立派な兵だ。人間の兵士と連携を取ったり、こちらの戦い方に応じて動きを変えたりしてくる。魔物との戦いに慣れていない兵士たちでは、まともに対応できないだろう。

「このままではバグウェル大佐の部隊は壊滅しかねません」

「そうだな。しかも他の兵士たちにやつらを助けに行くほどの余裕はない」

メイナード領の兵士たちは身体強化を使える者を中心に戦い、それぞれが担当する魔物兵を着実に追いこんでいる。順調だが余裕があるというわけではないので、バグウェル大佐の部隊を支援するのは難しそうだ。

「止むを得ませんな。予備隊を向かわせ、バグウェル大佐の救出をおこなわせます」

望遠鏡を使って私たちと同じく戦況を読み取ったリック少将が言う。

「その必要はないぞ、リック少将」

「？」

「予備隊はまだ温存したい。ここは俺自らが出て、あの魔物兵どもを始末してこよう」

ウォルフ様の言葉を聞いて、リック少将はぎょっとした。

「あの場は危険すぎます！　確かに閣下なら、近づくことさえできれば魔物兵を倒せるかもしれません。しかし敵味方の入り乱れる最前線に向かうというのは……」

「魔物兵のもとに向かううえで障害となるのは、魔物兵の陰に隠れて矢と魔石砲でこちらを牽制している敵の兵士たちだ。歩兵の部隊が近づくには苦労するだろうが……俺に飛び道具は当たらない」

ウォルフ様の周囲で風が渦を巻く。

手練《てだ》れの風魔術使いには矢は当たらない。魔術で風を操って、自分に飛んでくる矢を逸らしたり、跳ね返したりすることができるからだ。ウォルフ様ほどの強さなら魔石砲すら防げるだろう。

リック少将は迷う素振りを見せるけれど、今は一刻の猶予もない。苦い顔で頷く。

「……では、せめて護衛の部隊を」

「いらん。そんな大勢を連れてでは移動速度が鈍る。単独で行くのが一番確実で手っ取り早い」

「そんな無茶な！」

どうにも話がまとまらない。

仕方ない、ここは私がフォローを入れるとしよう。

「わかりました。では私もウォルフ様についていきます。それならより安全かと」

「却下だ（ですな）」

なにも声を揃えて拒否しなくても……

「ティナ様を鉄火場に放りこむなど閣下以上にできません！　我々に『女性を盾にする軍人の恥さらし』という汚名を背負わせるおつもりですか！」

……まあ、外聞がよくないのはわかるけれど。

ウォルフ様が苦笑しながら言う。

「お前はここで見ていればいい。たまには俺にも格好をつけさせろ」

「……はい」

「そんなに不服そうな顔をするな。……援護なら昨日の夜にもうもらっている」

聞き分けのない子供を諭すような口調で言われては、私はもう黙るしかなかった。

ウォルフ様は風魔術を使い、空を飛んで前線に向かった。「ああっ⁉」と隙を突かれたリック少将が唖然としている。

けれど心配は無用だった。

数分とかからずに前線に辿り着いたウォルフ様は、『魔術武技《マジックアーツ》』――風魔力をまとった剣を振るい、バグウェル大佐の部隊を襲っていた魔物兵を両断していた。

同時に、ウォルフ様が向かったほうから甲高い男性の声が響いてくる。

「おのれええ！　私の手柄がぁあああああああああああ！」

うるさっ。

「な、なんと！　あっという間に魔物兵を切り捨ててしまうとは、さすがは閣下！　ああ、しかし独断専行を無暗《むやみ》にたたえるわけにも――む？　ティナ様、どうかなさいましたか？」

「……いえ、聴覚を強化していたせいで不要に大声を拾ってしまいました」

隣で複雑そうな顔をしているリック少将にそう答える。

今のはおそらくバグウェル大佐の叫び声だろう。どうやら彼は部隊が敗走する寸前だったにもかかわらず、魔物兵を倒して手柄を挙げるつもりだったらしい。

あの調子では部隊が全滅するまで戦わせかねなかった。早めに助けに向かったウォルフ様の判断は正しかったというべきだろう。

ウォルフ様の参戦による効果は劇的だった。

バグウェル大佐の部隊を救出したあと、ついでとばかりに手近なもう一体の魔物兵まで切り捨てた。残りの一体は身体強化を使える味方兵士が総攻撃をかけて撃破。

魔物兵三体が始末されたのち、さらにウォルフ様はバグウェル大佐の隊の立て直しに移った。兵士をかき集め、負傷者は後方に運ばせる。

そうして前線が持ち直したところで、ようやくウォルフ様は司令部の天幕へと戻ってきた。

「戻ったぞ、リック少しょ――」

「怪我《けが》はありませんか？　どこか痛む箇所は」

私はウォルフ様に駆け寄って素早く全身の状態を確かめる。

……うん。大きな怪我《けが》はしていないそうだ。

あの戦場に単身で乗りこんで無事とは。やはりこの人も普通ではない。

「見たらわかるだろう。怪我《けが》一つない」

「駄目です。戦いのあとは神経がたかぶって傷に気付かないこともあります。確認の間くらいは我慢してください」

「……はあ。わかった、好きにしろ」

「では念のため服はすべて脱いでください。徹底的に確認します」

「そこまでは好きにするな」

呆れたような表情になるウォルフ様。この様子なら実は怪我《けが》を隠している、ということもなさそうだ。

「バグウェル大佐の様子はどうでしたか？」

「大きな怪我《けが》はしていない。しかし、助けたあとに俺のことを獲物を横取りした卑怯者と罵ってきたので、手が滑って手刀で気絶させてしまった」

「行動の理由が明確な時点で『手が滑った』という言い訳には無理があるのでは」

「あんな者がいては撤退や部隊再編の邪魔でしかない。幸い戦場では流れ弾も多いからな。負傷の理由作りには事欠かない」

「悪いことをしますね」

とは言いつつも、私がウォルフ様でも同じことをするだろう。部隊が壊滅寸前まで追いこまれながら手柄欲しさに暴走するような将校なんて、下手をすれば敵より厄介だ。

さて。

魔物兵が片付いたことで戦局は一気に動いた。こちらの兵は砦《とりで》へとなだれこみ、制圧作業に移っている。

「……決着がついたな」

「そのようですね」

静かに呟くウォルフ様に私は頷きを返す。

砦《とりで》の中から赤色ののろしが上がっている。『制圧完了』の合図だ。

今日この瞬間をもって、ラグド砦《とりで》は再びユーグリア王国のものとなったのだ。


こちらの陣地からラグド砦《とりで》に向かう道中は悲惨なものだった。身体強化を使える兵士は見た限り全員生き残っているようだったけれど、そうでない者は魔物兵や帝国兵たちに大勢命を奪われたのだ。せめてもう少し訓練のための時間があれば、などと今さらどうにもならない思考が渦巻く。隣ではウォルフ様もなにかをこらえるような表情を浮かべていた。

やがてラグド砦《とりで》にたどりつく。私はやりきれない思いをまぎらわすように、ウォルフ様に話しかけた。

「向こうの指揮官は早々に投降してくれたようですね」

「ああ。まあ、虎の子の魔物兵がやられた時点で勝ち目がないと悟ったんだろうな」

道中と比べて、砦《とりで》の中はそこまで悲惨なことにはなっていなかった。

砦《とりで》の指揮官が早めに白旗を上げてくれたからだ。最後まで戦ったとしても結果は同じだっただろうから、その判断は的確であるように思う。

「……ここは変わらんな」

ぽつりとウォルフ様が呟いた。

十二年前、ここで帝国兵に襲われたことを思いだしているんだろうか。

やがて、私たちは捕縛した敵の指揮官のもとに向かった。

リック少将は感情を押し隠したような無表情で、その場にいた部下に尋ねた。

「砦《とりで》の指揮官というのは？」

「自分だ」

答えたのは武装を解除された大男だった。鍛《きた》え上げられた軍人らしい外見の人物だけれど、なにより印象深いのはその目だった。

まるで強い執念に取り憑かれているかのような、ぎらついた瞳。

……嫌な目だ。まあ、自分を負かした敵国の人間に向ける目なのだから、当然といえば当然だけれど。

リック少将が敵の指揮官に視線を向ける。

「早々に降伏してくれたこと、感謝する。儂《わし》は王国陸軍少将、リック・クェンビーだ」

「……帝国陸軍大佐、ダンカン・ギレット。クェンビー少将、一つ聞かせてくれないか」

「なんだ？」

敵の指揮官――ギレット大佐はこう尋ねてきた。

「最初にこちらを攻撃した、あの槍。あれはなんだ？　まさか……『魔術武技《マジックアーツ》』か？」

まさか勘付かれているとは。

質問の形をとってはいるものの、ギレット大佐の瞳には確信めいた色が宿っていた。隠しても無駄だと悟ったようで、「そうだ」とリック少将は頷きを返す。

「ああ、なんということだ……『魔術武技《マジックアーツ》』とは……あの部隊を思いださせる。あの忌々しい『精霊騎士団』を――」

呪詛《じゅそ》のように呟かれる言葉。

それは戦に敗北したから、というだけでは片付けられないような気がした。

それにしても、精霊騎士団なんて単語までよく知っている。百年前の部隊だというのに。

……帝国側はよほど熱心に王国の軍事について研究しているんだろうか？

ギレット大佐はさらに尋ねてくる。

「もう一つ質問だ。『魔術武技《マジックアーツ》』を扱う技術は失われていたはず。それがどうして今になって使い手が現れたのだ？」

「それは……」

「敗残の身だが、どうしても知りたい。このままでは悔やんでも悔やみきれない」

リック少将がちらりと私を見てくる。

武装も取り上げられたこの人物になにかされるとは考えにくい。

負けた理由がわからなくては引き下がれない、という気持ちも理解できる。

私は少し迷ったが、ある程度伏せて答えることにした。

「私が教えました。名前も立場も明かせませんが、それは事実です」

「馬鹿な、女ではないか！」

「……技術を教えることに性別は関係ないと思いますが」

「また女か！　あのときと同じだ。百年前もそうだった。あの女さえ――シルディア・ガードナーさえいなければすべて上手くいったのに……！」

なぜここで彼の口からシルディア・ガードナーの名前が出てくるのか。

ギレット大佐は血走った目で私を睨《にら》みつけ、こう吐き捨てた。

「もういい。自分はもう終わりだ。しかしお前だけはここで殺すぞ、女。これ以上我らの邪魔はさせん！」

次の瞬間。

ギレット大佐の肉体がいきなり膨張した。

軍服は弾け飛び、太く長く伸びた首や四肢は人間としての体裁すら失っていく。皮膚は黄土色へと変化し鱗《うろこ》を生やしていく。

「――竜⁉」

そこにいたのは巨大な四足歩行の竜だった。

黄土色の巨竜は、唯一ギレット大佐としての面影を残すぎらついた瞳を私に向けている。

「退避、退避――ッ！」

リック少将が絶叫する。しかしその場の人間のほとんどが硬直して動くことができない。

（これは、あのときと同じ……⁉）

人間が竜に化ける。その光景を私は過去一度だけ見たことがある。指折りの嫌な記憶だ。そのときの光景が脳裏をよぎり、私は動きを止めてしまった。

『グルルォオオオオオオオオオオッッ！』

その隙を逃すまいとするように。

黄土色の竜は牙の生え並ぶ口を開き、棒立ちの私に襲いかかった。

私は咄嗟《とっさ》のことで動くことができなかった。

やられる！

そう思った直後、信じられないことが起きた。

「ぐっ……！」

「ウォルフ様⁉」

飛びこんできたウォルフ様が、私を庇《かば》って黄土色の竜に牙を突き立てられていた。ウォルフ様の体からは血が溢れ、その表情が苦悶《くもん》に歪んでいく。

庇《かば》われた？　この私が？

私は自分に強い怒りを覚えた。——戦場で棒立ちになるなんて！

『グルルルォオオオオオオッ！』

「……うるさいぞ、化け物が——【風刃《エアカッター》】」

『ギャウッ⁉』

ウォルフ様は食いつかれたまま魔術を使い、黄土色の竜の口の中を風の刃で切り裂いた。たまらず黄土色の竜はウォルフ様を離す。

私は慌てて駆け寄ってウォルフ様を抱き留める。

「大丈夫ですか⁉」

「さあな……」

「なぜ私を庇《かば》ったりしたんです！　そんな危険な真似……っ！」

ウォルフ様の体は数か所に牙によって穴を空けられ、そこからぞっとするほど血が流れている。

手で押さえて止血するけれど、気休め程度にしかなっていない。

死んでしまうかもしれない。

そう思えるほどの重傷だった。

ウォルフ様はそれでも、心配させまいと私に柔らかく微笑んだ。

「……俺はお前の婚約者だぞ。庇《かば》うに決まっているだろう」

そう告げたのを最後に。

眠るようにウォルフ様は意識を失った。

「ウォルフ様！　ウォルフ様っ！」

「衛生兵のもとまで運べ！　閣下をお救いしろ！」

私がいくら呼びかけてもウォルフ様は目を開けてはくれない。

リック少将の声が響き、兵士の一人がウォルフ様の体を運んでいく。

「……」

後方に運ばれていくウォルフ様を見送りながら、私はゆっくりと立ち上がった。

「ティナ様、あなたも！　ここは危険です！」

「いいえ」

私はリック少将の言葉を拒絶する。

「あの竜を放置できません。私が足止めします。その隙に少将殿は味方を集めてきてください」

黄土色の竜は明らかに強力な個体だ。兵士がばらばらに戦っても勝ち目はないだろう。

きちんと部隊編成をしなくては蹴散らされるのがオチだ。だから、この場で唯一身体強化を使える私が囮《おとり》となって時間を稼ぐ。

……というのが建前。

「おやめくださいティナ様！　あなたに万が一のことがあれば閣下に顔向けが――」

リック少将の制止を無視して私は飛びだした。ウォルフ様に贈られた竜鉱石の剣を抜き放ち、黄土色の竜へと突っこんでいく。

私は久しぶりに――本当に久しぶりに、怒りを覚えていた。

戦場で油断した自分に。そして、眼前の黄土色の竜にも。

（目の前で大切な人を傷つけられて、黙って引き下がるわけにはいきません……！）

「はああッ！」

『グルァッ!?』

私が剣を叩きつけると、黄土色の竜の胴から血が噴きだした。

黄土色の竜の全長は三十メートルにも達するだろう。

さらに頑強な鱗《うろこ》を備え、生半可な攻撃では傷一つつかない。

対して今世の私は元の運動能力が低い。

前世の自分とは比べ物にならないくらい弱くなっている。

——まあ、だからどうだということもないけれど。


『グゥウッ……フウッ……』

私は剣を振り、付着していた血を払う。

「あなたの力はその程度ですか？　私には傷一つついていませんが」

全身に切り傷を作り、荒い息を吐く黄土色の竜に私は淡々と告げた。

数分に渡って私と黄土色の竜の間でおこなわれた戦い。その中で黄土色の竜の爪も、牙も、私を傷つけるには至らなかった。巨大な魔物とは前世でさんざん戦ってきたのだ。今さら腕力やら体格の差なんてハンデにもならない。

『なんなのだ、貴様は……この姿の俺を、圧倒するなど……』

……喋れたんですか、この竜。

どうやら竜の姿になっても、ギレット大佐としての意識は残っているらしい。

なら一応は言っておこう。

「言葉が通じるのですね。では、最後の忠告です、ギレット大佐。——降伏しなさい。ただの魔物として討伐されたくなければ」

黄土色の竜は激昂するように吠えた。

『ふざけるな！　誰が貴様のような小娘に降伏などするか！』

「ここで死ぬとしてもですか？」

『やれるものならやってみるがいい、できるものならな！』

そう絶叫した途端、黄土色の竜はその頭を地面に叩きつけた。

そしてそのまま巨躯をねじこむようにして、黄土色の竜は地面の中に消えていく。

(地面に潜った……⁉　あの巨体で⁉)

普通ならそんなこと不可能だ。おそらく土の魔術を使っているんだろう。魔術を操る魔物は珍しいけれど、存在しないわけじゃない。

『グルォオオオオオオオッ！』

「――――ッ！」

地面から飛びだしてきた黄土色の竜の牙をぎりぎりでかわす。

反撃しなくては！

そう思って剣を振るうけれど、すぐに黄土色の竜は地面の中へと潜ってしまう。

『ははははっ！　さっきまでの勢いはどうした、小娘！　俺を討伐するのではなかったか！』

地中を泳ぐように動き回る黄土色の竜に、反撃の糸口が掴めない。

現れるときは地面が揺れるから、向こうの攻撃を避けることはできる。

けれど潜るまでのスピードが速すぎてどうにもならない。……厄介な！

『思いだすな、十二年前のことを！』

十二年前？

『この砦《とりで》を落とす際、俺は先陣を任された！　地中に潜って忍び寄り、砦《とりで》の内部に侵入して荒らしてやったのだ！　王国兵たちの泡を食った様子はたまらなかった！』

「なっ……!?」

ラグド砦《とりで》が落とされたときのことはウォルフ様から聞いた。

確かそのとき、ウォルフ様は地中から現れた巨大な魔物兵に言及していたはずだ。

それがまさか、目の前にいるこの黄土色の竜だったというのか。

『印象深かったのは黒髪の男だ。貴族のような服を着て、鋭い目をしていた。最後まで兵を指揮して俺に抗おうとした。——結局は俺が食い殺してやったがな！』

黒髪で、貴族のような服を着て、鋭い目をしている人物。

それはきっとラグド砦《とりで》で亡くなったウォルフ様の父、先代公爵だろう。

「……」

『お前も食い殺してやるぞ、女ぁああぁッ！』

地中から飛びだし襲いかかってきた黄土色の竜の目を、私は思いきり斬りつけた。

『ギャアッ!?』

眼孔から血しぶきを上げて転げまわる黄土色の竜。

……この竜を倒さなくてはならない理由が増えた。

ウォルフ様の肉親の仇《あだ》というなら、せめて私の手で葬らなくては。

『くそっ……』

再び地中に逃げこむ黄土色の竜。隠れて私の隙を窺《うかが》うつもりだろう。

対して私は魔力を精密に調整し、手に持った剣に注ぎこんだ。

直後、その刃が赤く輝き始める。

竜鉱石でできた武器には裏技がある。特定の強さ、パターンで魔力を流すと莫大なエネルギーを放出するのだ。その威力は『魔術武技《マジックアーツ》』と同等か、それ以上。

残念ながら、これを使うと剣の寿命が縮まってしまうのだけれど……この際構わない。

あの黄土色の竜だけは必ずここで倒す。

「――はああッ！」

魔力を流しこんだ剣を地面へと叩きつける。すると刃がひときわ強く光を放ち、凄《すさ》まじい爆発を巻き起こした。

『ギャアアアアアアアアアアアアアアアアアアアアアアアアアアアッ!?』

地面は割れ、大量の爆炎が巻き上がる。竜の断末魔が響き渡る。

粉塵が舞い上がり、周囲の視界を完全に閉ざす。

すべてが収まったとき――そこにあるのは抉れた地面と、焦げ臭い竜の死骸だけだった。

（……終わりましたね）

私は黄土色の竜が死んでいることを確認すると、剣を鞘《さや》に納めた。

それと同時にばたばたと足音が近寄ってくる。

「ティナ様、部隊を連れてきましたぞ！　それより今の爆発は何事で……竜が死んでいるッ⁉」

ああ、リック少将だ。

どうやら兵をかき集めてきてくれたようだ。

「わざわざ兵を集めてもらったのにすみません、少将殿。私が倒してしまいました」

「こ、この竜をティナ様がたった一人で？」

「はい」

「…………はぁあああっ⁉」

私が頷くと、リック少将は唖然として叫び声を上げるのだった。

▼

夢を見ていた。

幸せな夢を。

十二年前になにも起こらず、両親も死なず、ただ平和に過ぎていく世界を。

けれどそれはすぐに崩れ去る。

温かく幸せな光景は血みどろの地獄へと塗りつぶされる。両親は死に、多くの民が犠牲になっていく。そんな世界の中でたった一人、自分は立ち尽くす。

その光景は移り変わることがない。

なぜならそれは現実だからだ。過去にあった記憶そのもので、それはもう変えられない。

だから、血のにじむような鍛錬を積んだ。

強くなろうと手を尽くした。

大切な人を失う苦しみなんて、一度きりでもう十分だった。


「……ここはどこだ？」

ウォルフ・メイナードは目を覚ますとそう呟いた。

なんだか嫌な夢を見ていた気がする。はっきりしない頭のまま視線を動かせば、見覚えのある天井が映った。

どうやら自室のベッドで寝ていたようだ。

そして、慌てて起き上がる。

「っ、ラグド砦《とりで》は――」

「無事にユーグリア王国の領土に戻りましたよ」

聞き覚えのある声がしたのでそちらを見ると、鮮やかな赤色の髪の少女がベッドのわきに座ってこちらを見ていた。

「……ティナ？」

「はい。おはようございます、ウォルフ様」

そう、そこにいたのはウォルフの婚約者であるティナ・クローズだった。

普段はあまり表情の変わらない少女だが、今はほっとしたように口元を緩めている。

「目を覚まされてなによりです。もう二日も意識を失ったままだったんですよ」

言われて思いだす。ラグド砦《とりで》の指揮官が竜に化けて襲いかかってきた際、自分はティナを庇《かば》って
その牙を体に受けたのだ。

ウォルフが視線を落とすと、包帯を巻かれた自分の体が目に入った。

どのくらいの怪我《けが》だったかは、普段表情をあまり変えないティナが露骨に安堵したことから察することができる。

痛みがさほどでもないのは薬の影響によるものだろう。

「俺が寝ている間になにがあった？」

「そうですね。どこから話したらいいでしょうか」

ウォルフが尋ねると、ティナは説明してくれた。

敵の指揮官が竜の姿に変身し暴れたものの、ティナによって倒され、ラグド砦《とりで》の奪還が成功したこと。その後ウォルフは治療ののちに屋敷に運びこまれたこと。戦いの後処理はリック少将が適切に対処してくれていること。

「結局あの竜はなんだったんだ？　人間が魔物に化けるなど聞いたことがない。新種の魔物兵か？」

黄土色の竜の姿は、ウォルフも気絶する前に見ている。あれは間違いなく、十二年前にラグド砦《とりで》を襲った巨大な魔物兵だった。

「わかりません。ただ、帝国兵もギレット大佐が竜になったことに動揺していました。仮に魔物兵だったとしても、公表されているものではないのでしょう」

「ふむ」

ティナはお手上げというように首を横に振った。

結局ギレット大佐については謎のまま、ということだろう。

「なんにしても、礼を言う。父の仇《あだ》を取ってくれたんだな」

ウォルフはそう本心を伝える。

最後の戦いのときにウォルフは気絶していた。動けない自分に代わって手を下してくれたティナには感謝してもしきれない。

頭を下げるウォルフに、ティナは沈んだ声色で告げた。

「……お礼なんて受け取れません。むしろ、私は謝らなくてはならないのですから」

「なぜだ？」

「私は黄土色の竜が現れたとき、動揺して動きを止めてしまいました。そのせいでウォルフ様に怪《け》我《が》を……」

その言葉には後悔が滲《にじ》んでいる。

「気にするな。人間が竜に化けたんだ、驚くのも当然だ」

「……そう、ですね。そうではあるんですが……」

奥歯にものが挟まったような物言い。どんなことでもはっきり言うこの少女には珍しいと言える。

(なにか思い当たることでもあるのか)

気にはなったが、無理に聞くこともないか、とウォルフは結論づけた。

ティナは身勝手な性格ではない。必要だと思ったのなら、いずれ話してくれることだろう。

ウォルフがそう考えたところで、ティナがこう言った。

「とにかく、ウォルフ様が大怪我《おおけが》をしたのは私の不注意が原因です。償いをさせてください」

「償い？」

「なんでもいいんです。私になにかしてほしいことはありませんか」

「……そう言われてもな」

ティナは責任感に燃えているようだが、ウォルフからすればティナを庇《かば》ったのは当たり前のことでしかない。償いなんて求めるつもりはなかった。

かといって、ティナの顔を見る限り、なにか頼まなくては引く気もなさそうだ。

どうしようかと考えるものの、いまいち考えがまとまらない。なにしろウォルフは数日ぶりに起きたばかりなのだ。

「なら、ティナ。もう少しこっちに来てくれ」

「はい」

大真面目な顔で、言われた通りに枕元まで近付いてきたティナ。

ウォルフはベッドからわずかに身を乗りだして——その体を、ごく自然な動作で抱き締めた。

「……え？　あの、ウォルフ様、これは」

耳元からは混乱したような声が聞こえてくる。

「少しじっとしていてくれるか」

「は、はい」

こわばるティナの体を強く抱き、背中に手のひらを当てる。

そこからはティナの心音が確かに聞こえてくる。

わずかに速い気がするものの、確かにそれは生きている人間の証だ。

「……ああ、やはり生きているな」

「は、はい。ウォルフ様が守ってくれましたので」

「それだけで十分だ。お前を守れた。それだけで俺の十二年は無駄ではなかったと思える。お前が生きていてくれるなら十分だ」

かつてウォルフは両親を失った。領主になってからも、侵略してくる帝国兵たちとの戦いで多くの領民や兵士を死なせた。

そんな自分が、今回はティナという一人の少女を守ることができたのだ。

これ以上なにを求めるというのか。

抱き締めることで、ティナが生きていることを実感できた。夢ではなく、現実でウォルフは大切な人間を守れたのだと。

それだけで、ウォルフは報われた思いだった。

「ウォルフ様……」

ウォルフの抱擁を受け入れるように、ティナは徐々に力を抜いていった。

(……ティナは温かいな)

ぼんやりとウォルフは思う。

柔らかい体。髪や肌からは甘い匂いがする。手に触れる髪は滑らかで、いつまでも撫でてしまいたくなるような心地だ。

鍛《きた》えているわりに筋肉がつきにくいと本人は零していたが、こうしてみるとそれはそれでいいことのような気もする。

ほどよく引き締まっているだけでなく、女性特有の柔らかさもティナにはしっかり残っている。

それがこの抱き心地のよさにつながっているんだろう。

真剣に抱き枕にでもしたいとすら思う。

ティナをこのままベッドに乗せ、そばで体温を感じながら二度寝をできれば、さぞ安らかな睡眠ができるはずだ。

そして、ここで我に返った。

(…………俺はなにをしているんだ……!?)

ウォルフは慌ててティナの体を抱き締めていた手をほどいた。

「す、すまない。ティナが生きているという実感を得たかっただけで、やましい考えがあったわけじゃないんだ」

申し訳なさを感じている女性につけこんで体に触れようとする。ろくでもないにもほどがある。男として最低の所業だ。騎士道もなにもあったものではない。いくら病み上がりで意識がはっきりしていなかったとはいえ、ウォルフは自分に嫌気がさしそうだった。

「……」

「……怒ったか？」

おそるおそる尋ねると、ティナは俯いたまま、ぽつりと呟くように言った。

「怒ってなどいませんよ。少し驚いただけです」

「そ、そうか」

ほっと胸を撫でおろす。寛容な婚約者に感謝する必要があるだろう。

が、ここでティナは爆弾を投下した。

「……ウォルフ様に触れられるのは、別に嫌だとは思いませんので」

「――っ」

心臓が止まるかと思った。

視線を上げたティナの顔は耳まで赤く染まっていて、とても平気そうには見えない。それでいて、ウォルフに抱き締められたことを嫌がっている様子はない。

（嫌がられるか、呆れられると思っていたのに）

予想外の反応にウォルフはどうしていいかわからなくなる。

ティナは慌てたように両手をぶんぶんと振った。

「ふ、深い意味はありません。誰にでも人肌が恋しくなるときはあると思います。体が弱っているときは特に。なので、私を抱き締めることでウォルフ様の心が安らぐなら、その、構わないといいますか」

「……いいのか？」

「え、あ、その」

ウォルフが思わず素で尋ねると、ティナはそこで動きを止めた。

落ちる沈黙。

すでにいろいろと限界だったのか、ティナは立ち上がって「ウォルフ様が目を覚ましたこと、みなに伝えてきます！」と言い残し去っていった。

一人残されたウォルフは、ぼす、とベッドに体を投げだした。

「……卑怯だろう、あれは」

あんな顔で「触れてもいい」と言われては、意識せざるを得ない。それも、夜会に出れば男の目をくぎ付けにするようなとびきりの美人からならなおさら。

事実、ウォルフの心臓はうるさいくらい高鳴っている。

あと五秒ティナがこの場に残っていたら、きっとウォルフは耐えきれずにティナの体を思うまま抱き締めたことだろう。

（……いよいよごまかしきれんな）

ティナ・クローズという一人の少女に惹かれている。婚約者という肩書も関係なく。

そのことをウォルフは認めざるを得ないのだった。

第九章

「……この街並みも久しぶりですね」

窓から見える景色に私はそう呟いた。

ラグド砦《とりで》での戦いから一か月後、私はユーグリア王国王都のメイナード家別邸にいた。

砦《とりで》の奪還を記念するパーティーに参加するためだ。

戦勝の立役者であるウォルフ様はもちろん主賓待遇。

同じく招待されているリック少将は、残念ながら戦後処理のために欠席ということになった。イアンさんも政務面の戦後処理のため領地に残った。そのため、今回王都に来たのは私とウォルフ様、世話役のサラたち使用人数名である。

「起きているか、ティナ」

「はい」

ノックののちウォルフ様が部屋に入ってくる。いつも通り美しい所作ながら、顔には少し疲れが見える。その原因に私は心当たりがあった。

「家令のアルバートさんになにか言われましたか？」

「……よくわかったな」

「顔が疲れていますからね」

「『ティナ様のような美しく立派な婚約者と出会えたことは、素晴らしい幸運です、絶対に離してはいけませんぞ』と延々言われた。だからここに来るのは気が進まないんだ……」

メイナード家別邸を管理する家令、アルバートさん。紳士的な老人だけれど、ウォルフ様に対してはなんというか……過保護な振る舞いを見せていた。幼くして両親を亡くしたウォルフ様の親代わりを務めた人物だそうで、長らく婚約者不在だったウォルフ様の状況を、それはもう憂《うれ》いていたらしいのだ。私と顔合わせをしたときは感極まって涙ぐんでいたほどである。聞けば、私がウォルフ様に婚約を申し込まれたときに宿を取っていたのも、アルバートさんに婚約者のことでせっつかれたくなかったからだそうだ。

「アルバートのことはいい。それより身支度を整えておけ。もうじき来客がある」

「来客？」

「デール殿下とミランダ、それとお前の妹だ」

「……えっ？」

ウォルフ様の言葉に困惑しつつも待っていると、一時間もしないうちに客人が現れた。

「どうも、お久しぶりですウォルフ先輩」

「……デール殿下。その呼び方はやめてくださいと以前も申し上げたかと思いますが」

にこにこと人懐こそうな笑みを浮かべて挨拶《あいさつ》をする金髪の青年に、ウォルフ様は渋面を作る。しかし金髪の青年――第二王子デール殿下はどこ吹く風だ。

「そう言わずに。僕はウォルフ先輩のことを尊敬しているんです。公的な場ならともかく、プライベートくらいは気を遣わずに接していただけませんか？」

「はあ……物腰のわりに押しが強いのは相変わらずのようですね。……これでいいか、デール」

溜め息交じりにウォルフ様が折れると、デール殿下は笑みをいっそう深くした。

「ありがとうございます、ウォルフ先輩！　あ、ティナさんも久しぶりだね。遅くなったけど、婚約おめでとう」

「ご無沙汰しております、デール殿下。お祝いの言葉をいただけて光栄です」

こちらにも話しかけてくれるデール殿下に挨拶《あいさつ》を返す。デール殿下はミランダ様の婚約者でもあるため、これまで何度かお話する機会があったけれど……ウォルフ様と親しいというのは知らなかった。「ウォルフ先輩」という呼び方から察するに、学生時代から仲が良かったのだろうか。

「ラグド砦《とりで》奪還に深く関わったと聞いているわ。無事でよかったわ、ティナ」

「ありがとうございます、ミランダ様」

デール殿下の隣に立つミランダ様が、私の無事を喜ぶようにほのかな笑みを浮かべている。

さらに彼女の陰に隠れるように、桃色の髪の少女がいる。

「……プラム。久しぶりですね」

「ティナお姉さま……」

私が声をかけると、プラムが私に駆け寄ってきていきなり抱き着いてきた。……何事⁉

「あらあら。ティナに会えてよほど安心したのね」

「安心……」

「チェルシーたちの企みを私たちに伝えてから、ずっとふさぎこんでいたのよ」

ラグド砦《とりで》奪還の前日に受け取ったミランダ様からの手紙によれば、プラムはチェルシーたちの計画を偶然聞き、街でたまたま会ったミランダ様たちに伝えたらしい。そのあとはクローズ家との正式なやり取りのもと、行儀見習いという名目でマクファーレン家に滞在していたそうだ。

「今さらですが、ありがとうございます、ミランダ様。プラムを保護してくださって」

「いいのよ、そのくらい。本当は大事な話があるのだけど……今はティナにはプラムの相手をしてあげてほしいわね」

ミランダ様が言うと、ウォルフ様が頷いた。

「話はティナがいなくともできる。話し合いの内容はあとで俺からティナに伝えよう」

「……わかりました」

私はプラムを伴って、貸し与えられている部屋に戻った。

「落ち着きましたか？」

「……はい。ティナお姉さま、ご無事でよかったです」

ベッドに腰かけてぐすぐすと鼻を鳴らすプラム。私はその横に座り、背中を撫でて落ち着かせながら話を聞いていた。

プラムはゆっくりと話しだす。

「わたし……チェルシーお姉さまを裏切ってしまいました」

「ロイド殿下たちとの会話をデール殿下とミランダ様に伝えたことですか？」

「……はい」

「悪いことをしたと思っているんですか？」

私が聞くとプラムは小さく首を横に振った。

「おじいさまから、戦争はこわいことだと教わりました。それをできるだけしないようにするのが、領主の仕事だ、と。それに、メイナード領にはティナお姉さまもいますから、止めなきゃいけないと思いました。でも、ミランダ様の屋敷に移ると言ったとき、チェルシーお姉さまが、わ、わたしのことを『裏切り者』だって……チェルシーお姉さまはきっと怒っています」

「そうですね。ミランダ様を頼ったことで、あなたはチェルシー姉様から疎まれたかもしれません」

私が言うと、プラムはびくりと肩を震わせた。

ミランダ様からの手紙によれば、チェルシーは密談をプラムに聞かれたことには気づいていないらしい。けれどそれ以前に、チェルシーとミランダ様は敵同士に近い関係だ。プラムがマクファーレン家に滞在することはクローズ家との間できちんと話し合われたはずだけれど、チェルシー個人にとっては面白くなかったことだろう。

「しかし、あなたは正しいと思うことをしたんでしょう？　その結果は受け止めなくては」

「……はい」

「そのうえで言いますが――」

私はプラムを抱きしめた。戸惑うような呟きがプラムの口から漏れる。

「私はあなたを誇りに思います。自分で考え、自分で決める……それは誰にでもできることではありませんから」

プラムはチェルシーに懐いていた。しかしチェルシーを妄信せず、自分の中の正義に従った。チェルシーと決別することになったとしても、それは悔いるべきことじゃない。

プラムの目に涙が浮かぶ。

「おね、お姉さま……わ、わたし、ずっと不安で、こわくて……間違ったことをしちゃったのかもって、こわくて……うう、うわあああああん」

張り詰めた糸が切れたように、大きな声を上げて泣きだすプラム。私はその泣き声が止むまでゆっくりと彼女の背中を撫で続けた。


プラムが落ち着いてから応接室に戻ると、話し合いはすでに終わっていた。内容はウォルフ様から聞くことにして、その場は解散の流れとなる。

プラムはしばらくマクファーレン家に滞在を続けることになった。

なんでも、マクファーレン家で家政を学んでいるところらしい。チェルシーに付き従っていた頃には見られなかったことだけれど、領主としての仕事に興味があるようだ。ミランダ様も問題ないと言ってくれたので、しばらく預かってもらうことにした。

「それでミランダ様たちとはなにを話していたんですか？」

三人を見送ったあとにウォルフ様に聞く。

「……お前に話すべきかどうかは迷うところだな」

「え？」

「いや、なんでもない。ちゃんと話すから安心しろ。明日のパーティーで――」

翌日、私はウォルフ様から話を聞き、その内容に驚くことになった。

▽

ミランダ様たちがやってきた翌日、私たちは昼頃から戦勝記念パーティーの準備を始めた。

サラにドレスを着せてもらい、ウォルフ様の待つ馬車に向かう。

私の姿を見て、ウォルフ様はほうと軽く眉を持ち上げた。

「やはり似合うな。贈った甲斐があったというものだ」

「ありがとうございます。ウォルフ様もお似合いですよ」

私が今日着ているのは、以前ウォルフ様が誕生日に贈ってくれた青のドレスだ。一方ウォルフ様は黒を基調とした正装。大人びた美貌の持ち主なので、シックな装いがこれ以上ないほどに似合っている。

その姿を見て、私は思わず呟いた。

「……なんというか、隣に立つのが気後れしますね」

自分の愛想のなさが悔やまれる。せめて明るい笑顔の令嬢であったなら、今のウォルフ様と並んでももう少し見栄えがしただろうに。

「どうかしたか？」

「いえ、なんでもありません」

今は余計なことを気にするのはよそう。せっかくのパーティーなのだから。そんなことを考える私の前に手が差し伸べられる。

「行くぞ」

「……はい」

当然のようにエスコートしてくれるウォルフ様に、わずかに呼吸を乱される。

ウォルフ様を目当てにパーティーにやってくる令嬢たちに見られたら、恨まれそうだ。私たちが馬車に乗りこむと御者が静かに扉を閉め、御者台に乗り手綱を握る。滑らかな動きで馬車はユーグリア王城に向かって動きだした。

「これはこれはメイナード公！」

「さすがはユーグリア王国が誇る英雄です！　まさか東の蛮族からラグド砦《とりで》を取り戻すとは！　ぜひ武勇伝をお聞かせ願えませんかな？」

パーティー会場に着くなり、私たちは大勢に囲まれた。

王国にとって長らく悩みの種になっていたラグド砦《とりで》を奪還したということで、その話をせがむ貴族たちが多かったのだ。

「現地の兵士たちが必死に戦ったからこその勝利ですよ」

よそ行きの笑みを貼り付けて、ウォルフ様はそう応じる。

謙遜のようにも聞こえるけれど、たぶんウォルフ様の本心だろう。戦争でたたえられるべきはいつだって前線で命を懸ける兵士たちだ。彼らがいなければ戦争もなにもないのだから。

そんなことを考えていると、ひそひそ声が聞こえてきた。

「……あれがメイナード公爵様の婚約者？」

「……にこりともしないわ。なんて愛想が悪いのかしら」

「……メイナード公爵様なら、もっと素敵なお相手を選べたでしょうに……」

貴族令嬢たちが集まって、私を見ながら小声でやり取りしている。言葉のトーンや視線から微量の毒を感じる。……悲しいことに、今の私では彼女たちに反論できない。せめて堂々としていよう。

「ごきげんようウォルフ様。ラグド砦《とりで》の奪還、おめでとうございます」

「……チェルシー嬢」

豪奢なドレス姿のチェルシーが、数人の取り巻きとともに話しかけてきた。

……やっぱり来ていますよね、この人も。思わず溜め息を吐きそうになるのをどうにか自制する。

「その言葉は俺だけが受け取るべきではないな、チェルシー嬢。ティナがいなくては砦《とりで》を取り戻すことはできなかっただろう」

「まあ、ウォルフ様はお優しいのですね。こんな愚妹に気を遣わなくてもいいですのよ？　でもまあ、そうですわね」

チェルシーが声をひそめて、私だけに聞こえるように言ってくる。

「……今回上手くいったからって調子に乗るんじゃないわよ。あたしが軍務卿に声をかけて援軍を送ってあげたんだから。感謝しなさい」

「……やはりそうでしたか」

ミランダ様たちの言っていた通り、急な勅令はチェルシーたちが動いた結果だったのだ。つまり、身体強化を習得できなかった兵士が大勢死んだのも、大本はチェルシーが原因なわけで……

「ああ、お礼なんて必要ないわよ？　これでロイド殿下が王太子に戻れるだろうし、あたしはそれで十分。優しい姉を持って幸せね、ティナ？」

「……」

「それではこれで失礼します、ウォルフ様」

最後だけにっこり笑顔でウォルフ様に告げて、チェルシーと取り巻きは去っていった。

「よく我慢したな」

「前回のように、パーティーの雰囲気を悪くするわけにはいきません。……それに、彼女の笑顔も長くは続かないでしょうから」

私が言うと、ウォルフ様は頷いてから視線を前に向けた。示し合わせたかのように大広間が静まり返る。

「みな、今宵はよく集まってくれた！」

大広間の前方で、国王陛下が朗々と話し始めた。

「東の帝国の侵攻により、メイナード領は長く苦しめられてきた。……その起点となったのは、かつて略奪されたラグド砦《とりで》だ。あの堅牢なる砦《とりで》が、帝国の卑劣な手段によって奪われなければ、我が国の平和は盤石《ばんじゃく》となっていたことだろう」

国王陛下の言葉に、大広間中の人間が深く聞き入っている。

「ゆえに、今回の戦でラグド砦《とりで》を取り戻してくれた者たちには感謝しきれない。この働きには相応の褒美をもって報いると誓おう！」

視界を動かすと、その言葉に気をよくしている人間が何人もいるのがわかる。チェルシーなどは取り巻きの令嬢に持ち上げられて今にも高笑いをしそうな勢いだ。父エドガーや母イザベラ、計画の中心となった軍務卿ラルフ・ルードマンも似たような表情を浮かべている。

「お待ちください、父上」

そんな中、一人の青年が国王陛下の前に進みでる。

「今回の戦は確かに素晴らしい結果に終わりました。しかし、糾弾されるべき存在が野放しになっております」

そう告げたのはデール殿下だ。彼の隣には、ある魔道具を持ったミランダ様もいる。

「始まるぞ。止めるつもりはないな？」

「……はい」

ウォルフ様の言葉に頷く。これから始まるのは正当な裁きだ。止める理由はない。

「ラグド砦《とりで》の攻略は我が国の悲願ではありましたが、緊急を要するものではありませんでした。にもかかわらず、なぜ兄上はこの時期に派兵を唱えたのか？　それは強欲な者にそそのかされたからです。兄上の婚約者であるチェルシー、その父であるクローズ卿。彼女たちは親交のあった軍務卿ルードマン伯爵と結託し、兄上を王太子の座に戻すべく、ラグド砦《とりで》を奪還するよう説いたのです」

しん、と場が静まり返る。数秒おいて、大広間にざわめきが満ちた。一部を除き、誰もがデール殿下の話に動揺している。

「今名の挙がった者たちが、ロイドを操ったと？」

「その通りです、父上」

「お、恐れながら申し上げます！　今のデール殿下のお話はまったくの誤解ですわ！」

甲高い声で叫んだのはチェルシーだ。

「ロイド様はメイナード領の人々のためにと、自らの意思で派兵をお決めになったのです。誓って私や父上、ラルフ様がなにか申し上げたわけではありません！」

「僕が嘘を吐いたと？」

「まさか、そのようなことは申しておりませんわ。私はただ、不幸な行き違いがあるように思っただけなのです。どうしても私を疑うとおっしゃるのなら、せめて証拠の一つでも見せていただかなくては納得できません」

不条理な糾弾を受けた哀れな令嬢のように、そんなことをのたまうチェルシー。真実を知っている私は唖然としてしまうけれど、その迫真の演技に騙されて周囲の貴族たちはチェルシーに同情的な視線を向けていた。

「――なら、証拠を見せましょう」

冷淡な口調でミランダ様が言った。

ミランダ様は持っていた魔道具――水晶玉のような球体にもう片方の手を添える。魔力が流れこみ、球体が輝きだす。光が放たれ、虚空にある映像が浮かび上がった。

「あれ……クローズ卿とルードマン卿じゃないか!?」

賓客の中からそんな声が上がる。そう、虚空に浮かび上がったのは向かい合う二人の男性。私の父エドガーと軍務卿ラルフ・ルードマンの姿だった。

『……まんまと成功しましたなぁ。ロイド殿下は人がよい！　ラグド砦《とりで》など今すぐ落とす必要はまったくないのに』

『その通り。指揮官の選定が間に合わず、無能な将校を派遣してしまったのが悔やまれるが……まあいい。今回の出兵が上手くいかなくとも手段はいくらでもある。いっそ、デール殿下につく適当な貴族を暗殺してやるのもいいな』

『ルードマン卿は豪胆ですな。そんなことをしては国が真っ二つに割れてしまいますよ？』

『割ってしまえばいいのだ！　第二王子を王太子にするなど、国王陛下もなにを考えておられるのか！　長く続いてきた慣例をないがしろにするなどあってはならない！』

『ええ、ええ。まったく同意見です。それに、ロイド殿下を支持する我々の立場がない』

『クローズ卿のご息女……チェルシー殿には感謝してもしきれん。彼女の言葉なくしては、お人よしのロイド殿下に戦争の引き金を引かせるなど不可能だっただろうからな……』


「「「……⁉」」」

さっきとは比較にならないほどのざわめきが起こった。映しだされた映像から聞こえてきた会話は、耳を疑うほど悪意に満ちたものだったからだ。

「これはあったことを記録し、映しだす魔道具です。たった今ご覧いただいたやり取りは、クローズ卿とルードマン卿との間で実際におこなわれたものなのです」

ミランダ様は淡々と告げる。

目の前の状況に、私はぽつりと呟いた。

「……話を聞いたときには、本当にそんな代物があるのかと疑いました」

「メイナード領の基地にあったゴーレムを見ただろう。マクファーレン家はこの国における魔道具開発の第一人者だ。景色と音を切り取る魔道具というのは聞いたこともないが、マクファーレン家の技術力の高さを思えば驚くことではないな」

そう、昨日のミランダ様たちの話というのは、この糾弾のことだった。

ミランダ様はまだ流通していない特殊な魔道具をプラムに仕掛けさせ、エドガーやルードマン卿がボロを出した瞬間を記録していた。それをパーティーの場で公表することで、チェルシーたちの悪事を暴くという計画だ。

「こ、これはねつ造だ！　我々はこのようなやり取りなどしていない！」

ルードマン卿が叫ぶも、先読みしていたかのようにミランダ様の持つ魔道具が再び輝く。

『まさか、そのようなことは申しておりませんわ。私はただ、不幸な行き違いがあるように思っただけなのです。どうしても私を疑うとおっしゃるのなら、せめて証拠の一つでも見せていただかなくては納得できません』

「！　こ、これ、あたし……!?」

虚空に赤髪の女性が浮かび上がる。ついさっきのチェルシーそのままだ。ミランダ様は冷然と言う。

「この魔道具はあくまで起きたことを保存するだけのものです」

この発言をしたときには、本当に証拠が出てくるとは思っていなかったのだろう、チェルシーは歯を食いしばっている。

そんな中、それまで黙っていたロイド殿下が声を発する。

「……さっきのクローズ卿とルードマン卿のやり取りに思うところはある。けれど、僕は間違ったことをしたとは思っていない。メイナード領の民が不安にさらされていたのは事実だ。そうだろう、ウォルフ？」

ロイド殿下の視線がウォルフ様に向く。

ウォルフ様は切れ長の瞳をさらに細めた。声を荒げるわけでも、ロイド殿下に詰め寄る素振りを見せるわけでもない。けれど雰囲気だけがぞっとするほどに剣呑なものになる。

「間違ったことをしたとは思っていない――そうおっしゃいましたか、ロイド殿下」

「あ、ああ……」

怯んだように声を揺らすロイド殿下に対し、ウォルフ様は抑揚のない声で続けた。

「メイナード領の兵士たちは、我が婚約者ティナ・クローズの指示のもとで訓練をおこない、身体強化を習得している最中でした。それが勅令によって中断され、準備が整わない中ラグド砦《とりで》を攻めることになったのです。確かに砦《とりで》は奪還しましたが、大勢の兵士が死にました。……訓練が間に合えば、戦死者はもっと少なく済んだでしょう。私はこれを名誉の戦死などとはとても言えない」

「ま、待ってくれ。身体強化を習得する訓練？　一体なんの話をしているんだ……？」

「ご存じなかったのですか？　身体強化は後天的に覚えることができるのです。メイナード領の兵士のうち、すでに三十人ほどが習得しています」

ロイド殿下は目を見開き、立ち尽くした。

どうやら、メイナード領の兵士たちが身体強化の訓練をしていることを知らなかったようだ。

……いや、おそらく知らされていなかったのだ。リック少将は報告書を送っていたはずだ。少なくとも軍務卿であるルードマン卿は知っていないとおかしい。それがロイド殿下に伝わっていないということは……派兵を急がせるために、あえて伏せていたんだろう。

「父上、これが真実です。どうか正しいご判断を」

デール殿下が促すと、国王陛下は一瞬だけつらそうに視線を落としたあと、よく響く声で告げた。

「デールを王太子に据えたのは余の決定である。それに従わず、自らの利益のため不当に民を脅かした。この罪は決して許されるものではない」

国王陛下はルードマン卿に視線を向ける。

「ラルフ・ルードマン。そなたを軍務卿の任から外す。また、領地の三分の一を国に返還し、今後は子爵として生きていくことを命じる」

「……ッ⁉」

軍務卿という地位の剥奪に加え、爵位の降格という重い処罰に、ルードマン卿は顔を真っ青にして絶句する。

「次にエドガー・クローズ。そなたには領地の半分を返還してもらう。それに伴い、爵位を二段階下の男爵とする」

「だ、男爵⁉　陛下、どうかお考え直しを！　男爵など、成り上がりの商人や没落貴族の身分ではありませんか！　私は歴史ある――」

往生際悪くあがこうとしていたエドガーだったけれど、国王陛下の無感情な視線を受けて言葉を途切れさせた。そして、現実を悟ったようにがくりとその場に崩れ落ちた。

エドガーやルードマン卿は自らの家柄に誇りを持つ貴族たちだ。その誇りを彼ら自身が汚し、家が失墜していく元凶となる。彼らのような人間にとってそれはこれ以上ないほどの苦痛だろう。

国王陛下は視線をロイド殿下に向ける。

「最後に……ロイド」

「……はい」

「甘言に乗せられ多くの犠牲を出す原因となったそなたには、王位継承権の返還を命じる。また、こたびの戦で亡くなったすべての兵士の墓前に赴き、祈りを捧げよ」

「承知いたしました」

「チェルシー・クローズにも同様のおこないを命じる。ロイドとともに英霊に詫び、民の怒りを肌で受けよ」

「そんな……嫌よ！　兵士の遺族の前にのこのこ出ていったら、なにをされるかわかったものじゃないわ！　嫌よ！　絶対に嫌！」

喚くチェルシーだったけれど、もはや誰も聞く耳を持たない。国王陛下がちらりと視線を向けると、警備の騎士たちが処罰を言い渡された全員を大広間の外へと誘導する。無抵抗のエドガー、ルードマン卿、ロイド殿下とは異なり、チェルシーだけは自らの無実を主張していた。けれどそれがかなわないとわかると、チェルシーは血走った目で周囲を見回す。

「ふざけんじゃないわよ！　絶対にこのまま終わってなるもんですか……ッ！」

そんなチェルシーの最後の言葉は、さほど大きな声量でなかったにもかかわらず、嫌な予感とともに私の耳にこびりついた。

沈黙の落ちる大広間にデール殿下の声が響く。

「戦の裏で暗躍していた者たちはこれで一掃された！　ここに残るはメイナード公を始めとする、本来の英雄のみだ！　策謀にも負けず見事戦果を勝ち取った彼らを、みな、存分にたたえてほしい！」

……上手く煽るものだ。デール殿下の言葉で悪くなっていた場の空気が明るいものに戻った。

「それにしても、国王陛下は随分あっさりと処分を決められましたね」

「デールが事前に根回しをしていたんだろう。ミランダが持っていた魔道具の記録があれば、疑いの余地はないからな」

「……抜け目のない方ですね」

「あいつはそういう男だ」

デール殿下絡みのなんらかの記憶でも思いだしているのか、つまらなそうに鼻を鳴らすウォルフ様。学院の先輩後輩という関係だと聞いているけれど、なにかあったんだろうか。

「……さすがに疲れました」

「お前が弱音を吐くのは珍しいな」

「社交はあまり得意ではないので……」

バルコニーで溜め息を吐く私に、ウォルフ様が苦笑している。

断罪劇のあと、私たちのもとには賓客たちが集まってきた。ラグド砦《とりで》での戦いについて詳しく聞きたがる人もいれば、真剣に兵士たちを悼《いた》んでくれる人もいた。私の実家であるクローズ家が大変な状況になったため、気を遣われる場面もあったけれど、私はすでに縁を切られているようなものなのでお気になさらずと言っておいた。

ちなみに私は本心からなんとも思っていない。領地が減っただけで、誰かの命が取られたわけでもないことだし。

彼らの相手をしばらくし、今は二人で休んでいるところだ。

しみじみと思う。

……正直、令嬢たちからのプレッシャーが一番しんどい。

ラグド砦《とりで》でのことを話すだけならともかく、私を観察するような令嬢たちの視線がきつかった。戦いなら相手を切り捨てておしまいだけれど、社交の場ではそうはいかない。相手に気を遣わないといけないので精神的に疲れる。

私は隣のウォルフ様をちらりと見上げた。

「せめて……こう、ウォルフ様の外見にもう少し難があればよかったのですが」

「急になんの話だ」

「気にしないでください。半分八つ当たりです」

「発散の仕方が独特すぎるだろう……」

芸術品と見まごうほどの美貌を備えるウォルフ様には、この手の悩みは理解できないだろう。

「……はあ。少しここで休んでいろ。水でも取ってきてやる」

「あ、いえ、そこまででは」

「いいからじっとしていろ。すぐに戻る」

私の意見を封じると、ウォルフ様は大広間へと戻っていってしまった。

仕方ないので大人しく待つことにする。

バルコニーから暗闇に包まれた中庭を眺めていると……

「ん？」

ヒュン、と下からなにかが飛んできたので手で受け止める。

これは……石つぶて？　なぜこんなものが？

気になって石つぶての飛んできたほうに視線を向けると、バルコニーの斜め下に鬼の形相を浮かべた赤髪の女性が立っていた。どう見てもさっき騎士に連れていかれたはずのチェルシーだ。なぜこんな場所に？

「さっさと降りてきなさい、ティナ！　あんたごときがあたしを待たせていいと思ってるの!?」

なんだか喚いている。

「はあ……」

警備の騎士を呼ぼうかとも思ったけれど、余計にややこしいことになりそうだ。

仕方ない、話だけでも聞くとしよう。


「ティナ、あたしと立場を交換しなさい！　あたしがウォルフ様の婚約者になるわ！　あんただって王族の婚約者になれるなら嬉しいでしょう？　これはお互いのためになる提案よ！」

私が中庭に下りるとすぐチェルシーが寄ってきて、血走った目でそんなことをのたまった。

……来るんじゃなかった。

「そんなことができるはずがないでしょう。常識でものを考えてください」

「うるさい！　あんたがあたしに口答えするんじゃないわよ！」

私の言葉にチェルシーが即座に噛みついてくる。

本当にどうしようか、この人は。デール殿下たちによって追い詰められたチェルシーは、どうにかして沈みゆく泥船から脱出したいようだ。他人の婚約者を奪ってでも。

「問題が多すぎます。ロイド殿下だってなんとおっしゃるか」

「あの男なら問題ないわよ！　あたしが言えばなんだって従うわ！　今までもそうだったもの！」

「……その言い方はあんまりだと思いますが」

相手は王族だというのに、チェルシーはかけらも敬意を払っていない。

「少なくとも私にはその提案を受け入れる理由がありません。なにより、チェルシー姉様は自分のしたことの報いを受けなくてはならないと思います」

「ごちゃごちゃうるさいわね！　あんたごときがあたしに逆らってんじゃないわよ――

【石砲弾《ストーンキャノン》】！」

チェルシーが魔術を使うと一抱えもありそうな岩が作られ、私めがけて飛んできた。

「こんな場所でなにをしているんですか……！」

私は咄嗟《とっさ》に身体強化を使って片手で受け止める。

無傷の私を見てチェルシーは絶叫した。

「な、なんで平然としてるのよ！　【石砲弾《ストーンキャノン》】を撃ったのよ!?　あたしの使える一番強い魔術なのに！」

「私が今までどこにいたと思っているんですか。戦場で飛び交う魔術に比べれば、チェルシー姉様の魔術くらいどうということはありません」

「ぐぅううう……ッ！」

説得でも駄目。暴力でも私にはかなわない。

そう悟ったチェルシーは、とうとう半狂乱になって騒ぎ出した。

「だいたいあんたがウォルフ様に見初《みそ》められたのがおかしいのよ！　あれだけ格好よくて、剣術では誰もかなわなくて、頭もよくて……そんなウォルフ様がどうしてあんたなんかと！」

その点に関しては誰もが疑問に思うことだろう。

なにせウォルフ様から婚約を申しこまれた私でさえ、いまだに腑に落ちていないのだ。

「対してあんたはどう？　社交だってどうせできないままでしょう？　学院に馴染めなくて引きこもっていたあんたには教養だってない！」

「……」

「それにその愛想のなさ！　つまらない女だわ！　あんたみたいなのが隣にいたら、ウォルフ様の評価にまで傷がつくことでしょうね！」

「……それは」

言い返せない。

私がウォルフ様にふさわしくない、というのは自分が一番よくわかっている。今日のパーティーでも上手く振る舞えなかった。愛想がないのもその通りだ。

ラグド砦《とりで》を取り戻すための戦いでは、役に立ったと思う。

けれどそれが終わった今は？

私には剣しかない。戦争が終わり、平和になったメイナード領に、私はもう必要ない。

ウォルフ様の隣にいるのが私である必要は、もうない。

「私がウォルフ様の婚約者になるわ。令嬢失格のあんたには、ロイド殿下がお似合いよ！　あいつだって弟に出し抜かれた無能なんだから！」

チェルシーの言葉にはなんの道理もない。ロイド殿下の婚約者として周知されているうえ、悪事を働いた男爵家の令嬢というところまで落ちてしまったチェルシーが、公爵家当主であるウォルフ様の婚約者の座に収まることは絶対に不可能だ。そう頭ではわかっているはずなのに、私は反論の言葉を思い浮かべることすらできなかった。

「チェルシー……話はすべて聞かせてもらったよ」

「――ッ」

私の背後から聞こえた声に、チェルシーが息を呑む。

振り返ると、そこにはロイド殿下とウォルフ様が立っていた。

「ロイド殿下、それにウォルフ様も」

ウォルフ様の手には水の入ったグラスがある。

私を捜してくれていたんだろうか。

ロイド殿下と一緒にいる理由はわからないけれど、ただ一つ確かなのは、チェルシーにとってこれは最悪の状況だということだ。

「ろ、ロイド様。どうしてここに……」

顔を引きつらせながら、チェルシーがロイド殿下に問いかける。

「もともと僕はウォルフと妹君――ティナ君を捜していたんだ。ラグド砦《とりで》の一件について、どうしても謝っておきたかったからね。騎士に言づけて父上に機会をもらえるよう頼んだら、どうにか大広間に戻る許可をもらえたんだ。ウォルフはすぐに見つかったけれど、ティナ君とは一緒にいなかった。ウォルフと一緒に捜しているうちに、きみたちの言い争っている声が聞こえてきた」

「い、いつから聞いていたのですか？」

「チェルシーがティナ君に対して、婚約者の入れ替えを申し出ているところから」

ロイド殿下の言葉に、チェルシーがさらに顔色を悪くする。

つまり、ロイド殿下は私とチェルシーのやり取りをほとんどすべて聞いていたわけだ。

ロイド殿下は自嘲するように言った。

「……笑えるよね。僕はあとで父上に懇願して、チェルシーの罰を軽くしてもらうつもりだったんだ。ラグド砦《とりで》のことは僕のために考えてくれたから、って」

「……」

「僕はなにがあってもチェルシーのことを守ろうと思っていたのに……僕はチェルシーにとって、替えのきく存在でしかなかったんだね」

「ち、違いますロイド殿下！　さっきのあれは言葉のアヤで」

「もういいよ、チェルシー。そんなに僕が不満だというなら、もうきみを縛り付けたりしないから」

ロイド殿下は左手の薬指にはめていた指輪を外した。

それが特別な指輪だということは、この手のことに疎い私でもわかる。

「ロイド殿下！　なにをなさるつもりで——」

チェルシーの言葉を無視し、ロイド殿下は指輪を中庭の奥に放り投げた。

ぽちゃん、という音が響いてくる。どうやら指輪は噴水の中に落ちたようだ。

「ああ、ああああ……」

崩れ落ちるチェルシーにロイド殿下は告げた。

「婚約破棄だ、チェルシー。さようなら。二度と僕の前に現れないでくれ」

「じょ、冗談ですよね？　だってロイド殿下はあたしのことが好きなのでしょう？」

「悪いけど、もうそんな気持ちはなくなってしまったよ」

チェルシーはあまりのことに頭が回らないようだ。

無理もないだろう。今までチェルシーは完全にロイド殿下を見下していたのだ。

そんな相手からすっぱり切り捨てられるなんて、想像もしていなかったはずだ。

「なにかあったのですか！」

騒ぎを聞きつけたのか、数人の騎士が私たちのもとにやってくる。彼らにロイド殿下は言った。

「パーティーを追いだされたはずの人間がそこにいる。今の僕がこんなことを命じられる立場にあるとは思わないけど……逃がさないよう、今度はきちんと城の外に放りだしてくれ」

「も、申し訳ありませんでした！　すぐに追いだします！　……さあ、来るんだ」

「……」

騎士に腕を掴まれ、チェルシーは呆然とした表情のまま連行されていった。

「ティナ君、ウォルフ。……いろいろと言いたいことはあるけど、今は考えがまとまりそうにない。ラグド砦《とりで》の件については、まだ後日改めて謝罪させてもらうよ……」

「……他人のことを考えられる状態ではないだろう。今日のところは早く休め」

「は、はい。私もそれがいいかと」

「ありがとう……」

私とウォルフ様にそう告げて、ロイド殿下は去っていく。

その足取りはふらふらと頼りない。……本当に大丈夫だろうか。

中庭に残ったのは私とウォルフ様だけだった。

「お前の姉は一番まずい選択をしたな。ロイドならどんなにチェルシーが落ちぶれようと、そばにいようとしただろうに」

「……そうですね」

頼みの綱だったロイド殿下すら自分から捨てたチェルシーは、貴族社会において完全に孤立したと言っていいだろう。これからどうなっていくのか想像すらつかない。

「結局、チェルシーはロイドにふさわしくなかったということだろうな」

「……」

ウォルフ様の何気ない言葉に、私は息を詰めてしまう。

『ふさわしくない』――その言葉は、今の私には聞き流すことのできないものだった。

チェルシーのことは他人事ではないのではないか。私も分不相応にウォルフ様のそばに居続けることで、いつかなにかの報いを受けるんじゃないか。

なぜなら私は『騎士』でしかなく。

社交もできず、教養もない、愛想笑いすら満足にできない女なのだから。

「ティナ、どうかしたか？」

「……いえ。ウォルフ様、私は体調がすぐれないので、先に屋敷に戻ってよろしいでしょうか」

チェルシーの言葉に、私は思ったよりダメージを受けているようだ。こんな状態では社交などいつも以上にできないだろう。

ウォルフ様は肩をすくめた。

「そうか。まあ、そういうことなら構わない」

「ありがとうございます」

「だが、これだけは伝えておく」

ウォルフ様はそっと私の頬に手を添えた。

なにを伝えるというんだろう。

ウォルフ様は私をまっすぐ見て、静かに告げた。

「お前は誰よりも綺麗だ」

「え」

なにを言われたのか一瞬理解できなかった。

遅れて言われた内容を把握し、逆に混乱する。急に一体なにを言いだすのか。

「顔立ちは誰が見ても整っていると言うだろう。鮮やかな赤い髪も意志の強そうな瞳も、宝飾品のように美しい。細い肩や華奢な手は見ていると守ってやりたくなる」

「え、あの」

「誰に対しても思ったことを言ってのけるのは、見ていて爽快ですらある。お前ほど芯の通った人

間はそうそういないだろう。苛烈なまでの強さを持ちながら、他者を思いやる心も持ち合わせている。お前と関わった人間は、誰でもお前を慕わずにはいられない」

「ま、待ってください！　なんなんですか、いきなり！」

私は慌ててウォルフ様から距離を取る。

唐突に褒め殺しにされてわけがわからない。心臓がばくばくとうるさい。耳まで熱を持っているのが自分でわかる。

混乱の極致にいる私に、ウォルフ様は口の端を吊り上げた。

「お前は褒められると面白いように慌てるな」

「か、からかったんですか⁉　いくらなんでも悪趣味だと――」

「嘘は一つもついていない。すべて俺の本心だ」

「っ」

正面から目を見て言い切られて、私はまた言葉を失う。

「どうせチェルシーに言われたことを気にしているんだろう。あんなもの気にする必要はない」

そういえば、ウォルフ様はロイド殿下と一緒に私とチェルシーのやり取りを聞いていたんだった。

そのせいで私が精神的に調子を崩しているとわかっていたようだ。

「……それだけ、というわけではありません。私がウォルフ様にふさわしくないのは、客観的に見て明らかですから」

言っていて惨めになる。

けれどそんな私の腕を引き、抱き寄せるようにしてウォルフ様はあっさりと言い切った。

「それはお前の思いこみだ。お前の魅力は俺が誰よりも理解している。お前よりいい女などいない」

「お、お世辞《せじ》は結構です」

「世辞《せじ》ではない。このやり取りも前にしたな。なにか言われるようなら、俺がそいつを黙らせてやる。お前はなにも気にするな。ただ俺のそばにいろ」

「……」

「それともお前は俺では不満か？」

私はゆっくりと首を横に振った。

「……ありませんよ、不満なんて」

「なら堂々としていろ」

それで終わりだった。ウォルフ様は私の腕を引き、城の外へと向かっていく。騎士に帰宅する旨を告げ、馬車を捜す。どうやら私に付き添って帰ってくれるようだ。

その間私はただ無言でいた。

というか、なにも喋れなかった。

（……顔が熱い）

ウォルフ様に言われたことが頭の中をぐるぐると回って、思考がまとまらない。さっきから鼓動が速くて落ち着かない。こんなことは初めてだった。

前世でも、今世でも、こんな感情は持ったことがない。

（これが、人を好きになるということですか）

抱いたことのない感情を持て余しながら、そんなことを考える。

「さて、このあとはどうする？　本当に屋敷に帰っても構わないが」

「……いえ。やはり会場に戻りましょう。私はこういった社交界が不得手ですから、うまく振る舞えるよう訓練しなくては」

「はは、調子が出てきたじゃないか。それでこそ俺の婚約者だ」

面白がるように笑い、自然な仕草で手を差し伸べてくるウォルフ様。その手を取り、私たちは城内へと戻っていく。

今の私には足りないものばかりだ。社交も、教養も、未熟もいいところ。けれど足りないなら身に着ければいい。

初めてできた想い人にふさわしい自分になりたい。

前世でも、今世でも味わったことのない感情だ。鼓動が速くなり、頬も熱を持っている気がする。

そのくせ視界は不思議なほどにきらきらと輝いている。

生まれたばかりの気持ちに戸惑いはするものの、その何倍も私は心を躍《おど》らせるのだった。

厨二魔導士の
無双が止まらないようです
1~3
俺の活躍に期待するがいい!!
[著者]
ヒツキノドカ
Hitsuki Nodoka
冷遇された
天才魔導士、
ぼんくら貴族に反撃開始!?
世界の理《ことわり》を変えて成り上がれ!
全3巻
好評発売中!!

厨二魔導士の
無双が止まらないようです
ヒツキノドカ
冷遇された
天才魔導士、
ぼんくら貴族に
反撃開始!?
俺の活躍に期待するがいい!!
世界の理を変えて
成り上がれ!

この作品に対する皆様のご意見・ご感想をお待ちしております。

おハガキ・お手紙は以下の宛先にお送りください。

【宛先】

〒150-6019 東京都渋谷区恵比寿4-20-3 恵比寿ｶﾞｰﾃﾞﾝﾌﾟﾚｲｽﾀﾜｰ 19F
（株）アルファポリス　書籍感想係

メールフォームでのご意見・ご感想は右のＱＲコードから、
あるいは以下のワードで検索をかけてください。

アルファポリス　書籍の感想　検索

ご感想はこちらから

本書は、「アルファポリス」(https://www.alphapolis.co.jp/) に掲載されていたものを、
改題、改稿、加筆のうえ、書籍化したものです。

いつまで私《わたし》を気弱《きよわ》な『子豚令嬢《こぶたれいじょう》』だと思《おも》っているんですか？

～前世《ぜんせ》を思《おも》い出《だ》したので、私《わたし》を虐《いじ》めた家族《かぞく》を捨《す》てて公爵様《こうしゃくさま》と幸《しあわ》せになります～

ヒツキノドカ

2024年 10月 5日初版発行

編集－星川ちひろ
編集長－倉持真理
発行者－梶本雄介
発行所－株式会社アルファポリス
〒150-6019 東京都渋谷区恵比寿4-20-3 恵比寿ｶﾞｰﾃﾞﾝﾌﾟﾚｲｽﾀﾜｰ19F
TEL 03-6277-1601（営業） 03-6277-1602（編集）
URL https://www.alphapolis.co.jp/
発売元－株式会社星雲社（共同出版社・流通責任出版社）
〒112-0005 東京都文京区水道1-3-30
TEL 03-3868-3275
装丁・本文イラスト－にゃまそ
装丁デザイン－AFTERGLOW
（レーベルフォーマットデザイン―ansyyqdesign）
印刷－中央精版印刷株式会社

価格はカバーに表示されてあります。

落丁乱丁の場合はアルファポリスまでご連絡ください。

送料は小社負担でお取り替えします。


ISBN978-4-434-34523-4 C0093